Francisco X. Stork

Marcelo en de echte wereld

Vertaald door Aleid van Eekelen-Benders

Lemniscaat Rotterdam

Voor Ruth, mijn moeder

Deze uitgave is tot stand gekomen in samenwerking met CJP.

De vertaalster ontving voor deze vertaling een werkbeurs van de Stichting Fonds voor de Letteren

Omslagontwerp: Christopher Stengel

ISBN 978 90 477 0291 7

Oospronkelijke titel: *Marcelo in the Real World*
First published by Arthur A. Levine Books, an imprint of Scholastic Inc.,
557 Broadway, New York, NY 10012

Druk en bindwerk: Whörmann, Zutphen

Dit boek is gedrukt op milieuvriendelijk, chloorvrij gebleekt en verouderingsbestendig papier en geproduceerd in de Benelux waardoor onnodig milieuverontreinigend transport is vermeden.

I

'Ben je zover, Marcelo?'

Ik steek mijn duim op. Dat betekent dat ik zover ben.

'Oké, dan rijd ik je nu naar binnen.'

Hij schuift me de tunnel van het apparaat in. Ik vind het een prettig gevoel zo ingesloten te worden. Ik doe mijn ogen dicht, al zijn de lampen niet zo fel dat ze me verblinden.

'Niet vergeten je vinger op te steken zodra je de mentale muziek hoort.' Er zit een luidspreker in de tunnel. Daar komt de stem van dokter Malone uit.

Ik wacht op de muziek. Die komt altijd. Het moeilijkste is eraan te denken mijn vinger op te steken. Er zit hier een piepklein cameraatje waardoor dokter Malone en Toby mij vanuit het controlehokje kunnen zien.

'Marcelo, Marcelo.' In de verte hoor ik Toby. Ik vind Toby aardig. Hij is arts, net als dokter Malone, maar ik mag geen 'dokter' tegen hem zeggen. Toen ik dat een keer deed verbeterde hij me en zei: 'Toby, graag.' Zijn gezicht zit onder de sproeten.

'Klaar voor het zogenaamde echte werk?' vraagt hij als hij me naar buiten schuift.

'Ja,' zeg ik. Het 'echte werk', zo noemt hij de muziek die door de luidspreker in het apparaat komt. De muziek die van binnen in mijn hoofd komt wordt niet als echt beschouwd.

Toby houdt een vel papier vast waarop verschillende soorten echte muziek staan opgesomd. 'Wat vind je ervan om ditmaal eens van deze kant te kiezen?'

'Oké,' zeg ik. Bij de muziek op de achterkant staan rocknummers. Dat is Toby's lievelingsmuziek. Ik herken niet één van de titels of componisten. Uiteindelijk kies ik iets van een componist die Santana heet omdat die naam op Sandoval lijkt, mijn eigen naam. De titel van het nummer vind ik ook mooi. 'The Calling.'

'Gaaf,' zegt Toby. De glimlach op zijn gezicht betekent dat ik een goede keus heb gemaakt. 'Santana en Clapton samen. Gaaf.'

Gaaf, zeg ik tegen mezelf. Ik neem me voor de eerstvolgende keer dat ik iets mooi vind dat woord ook te gebruiken.

Een paar minuten later komt Toby terug met zijn lijst. En met gefronste wenkbrauwen. 'Je moet van deze kant kiezen. De ouwe-heer denkt dat rock je grijze cellen te sterk zal stimuleren.' Hij slaat zijn ogen ten hemel met zijn gezicht in de richting van dokter Malone, die in het hokje aan een paar knoppen staat te prutsen. Ik begrijp niet wat Toby precies bedoelt met die gezichtsuitdrukking.

Snel kies ik Beethovens 'Largo' uit Pianoconcert Nr. 3. Ik vind de simpele melodie daarvan mooi. En ik weet ook dat het maar een minuut of tien duurt.

Toby schuift me de tunnel weer in.

'Hoe klinkt de mentale muziek?' vraagt dokter Malone als ik weer uit de tunnel ben. Ik houd op met veters strikken om over zijn vraag te kunnen nadenken. Maar het is onmogelijk onder woorden te brengen hoe de innerlijke muziek klinkt. (Ik gebruik liever het woord 'innerlijk' dan het woord 'mentaal' als ik het over de muziek heb. Het feit dat de IM, zoals ik hem kortweg noem, in mijn hoofd klinkt, hoeft niet per se te betekenen dat hij door mijn geest wordt geproduceerd.) Hoe klinkt de IM? Hoe vaak heeft dokter Malone me die vraag al gesteld en hoe vaak heb ik het antwoord daarop al schuldig moeten blijven?

'Gaaf,' zeg ik. 'Hij klinkt gaaf.' Ik kijk rond naar Toby, maar die is in het controlehokje.

'Hij klinkt prettig, bedoel je? Hij is een lust voor het oor?'

'Je hoort hem niet met je oren.' Dan besef ik dat 'gaaf' niet het goede woord was. De muziek is prettig, dat zeker, maar hij is veel meer dan dat.

'Als je hem niet hoort, hoe werkt het dan?'

Hoe beschrijf ik dat? Het is alsof je met een koptelefoon op naar heel harde muziek luistert. Alleen lijkt die muziek van binnen uit de hersenen te komen. Dat is echt een heel mooi gevoel. 'Hij is er gewoon,' zeg ik tegen dokter Malone. Dan komt er een beeld in me op. 'Het is een grote watermeloen.'

'Pardon?' Een van de redenen dat ik graag met dokter Malone werk, is dat zijn gezichtsuitdrukkingen zo duidelijk en gemakkelijk te begrijpen zijn. Die van daarnet bijvoorbeeld is een schoolvoorbeeld van 'verbijsterd'.

Ik ga door op het beeld dat in me opkwam. Omdat het de eerste keer is dat ik dat verband leg, weet ik nog niet precies waar het me zal brengen. 'Als de innerlijke muziek er is, is Marcelo een van de *pitten*. De muziek is de rest van de watermeloen.'

Dokter Malone fronst zijn wenkbrauwen. Of eigenlijk is het half fronsen, half glimlachen, alsof hij zijn best doet ernstig te blijven. 'Weet je dat je daarnet de klemtoon op precies het goede woord legde? Dat is mooi. Een jaar geleden kon je dat nog niet. Paterson doet je goed.'

Paterson. Ik kijk op mijn horloge. Na de sessie bij dokter Malone brengt Aurora me naar Paterson, zodat ik het hengstveulen kan zien dat vannacht is geboren. Harry (zo noemen we meneer Killhearn, de stalmeester op Paterson) heeft vanochtend gebeld en aan Aurora verteld dat het veulen om vijf over halfdrie vannacht is geboren. Ik heb Aurora gesmeekt om me er vandaag naartoe te brengen, al moest ze de hele dag in het ziekenhuis werken. Ik had ook twee dagen kunnen wachten, tot ik maandag mijn vakantiebaan begin – voor de pony's zorgen – maar wachten is veel te moeilijk. Ik had gehoopt erbij te zijn als het geboren werd, en elk uur lijkt vandaag wel een week te duren.

Ik heb nog een halfuur bij dokter Malone voor de boeg, houd ik mezelf voor. Dit keer moet ik erop letten dat de sessie de daarvoor bestemde tijd niet overschrijdt, zoals soms gebeurt.

Dokter Malone is weer aan het praten. 'Maar laten we nog even teruggaan naar de muziek. Wat is de inhoud van de mentale muziek? Klinkt hij net als gewone muziek? Heeft hij een melodie?'

'Ja en nee,' zeg ik. Ik vind het vervelend om zo onnauwkeurig te klinken. Onnauwkeurigheid is in dit geval de beste (en snelste) manier om precies te zijn.

'Okééé.' Dokter Malone grinnikt. 'In welk opzicht lijkt het op gewone muziek?'

Ik sluit mijn ogen en stel me een cello voor zo groot als de aarde en een strijkstok zo lang als de melkweg, en die strijkstok gaat soms langzaam en soms snel over de cellosnaren.

Ik hoor dokter Malone in de verte. 'Muziek heeft een melodie, ritme, maat. Heeft de mentale muziek ook een of meer van die bestanddelen?'

Nu denk ik aan mijn vakantiebaan, en dat ik dan de hele dag bij de pony's kan zijn. Ik keer terug naar dokter Malone en zijn vragen. Ik word hiervoor betaald, houd ik mezelf voor. Ik moet zo goed mogelijk aan dit proces meewerken. Bovendien vind ik dokter Malone aardig en Toby vind ik ook aardig. 'Niet echt.'

'Kun je hem neuriën?'

'Nee.'

'Dan is het geen muziek.'

'Het zijn de gevoelens van muziek zonder het geluid.' Zo. Nauwkeuriger dan dat kan ik niet worden in het soort taal dat dokter Malone wil horen.

'Wat voor gevoelens?'

Ik heb geen idee hoe ik die gevoelens moet omschrijven. Soms is de muziek snel en levendig, en dan noem ik hem 'vrolijk'. Soms is hij trager en lager van toon, en dan noem ik hem 'droevig'. Meestal is hij alleen maar ongelooflijk vredig. Gaaf. Dat vind ik een fijn woord.

'Marcelo! Kom eens terug. We zijn bijna klaar. Zijn ze er altijd, die gevoelens van muziek zonder geluid?'

'Ja. Als ik ernaar zoek. Als Marcelo ernaar zoekt zijn ze er altijd.'

'En waar zoekt Marcelo dan?'

'Hier.' Ik raak de achterkant van mijn hoofd aan, vlak boven mijn nek.

‘Komen die geluiden ook weleens als je dat niet wilt, en blijven ze weleens terwijl je dat niet wilt?’

Ik denk na. Eigenlijk is het zo dat de verleiding van de muziek er altijd is. Zoals daarnet bijvoorbeeld, toen ik hem aan dokter Malone probeerde te beschrijven, toen wilde ik weer in de muziek opgaan. En het is ook moeilijk om me ervan los te maken als ik erin zit. Maar dat zeg ik niet tegen dokter Malone. Ik weet niet of ik de goede woorden kan vinden om die gedachten te beschrijven. Daarom zeg ik: ‘Als dat zo was zou Marcelo gek zijn, hè?’

Dokter Malone lacht en knikt tegelijkertijd. Hij is altijd aan het testen, hij doet zijn research maar houdt ook mijn geestelijke gezondheid in de gaten. Ondanks zijn niet te beantwoorden vragen en zijn malle gevoel voor humor vind ik het niet vervelend om bij dokter Malone te komen. Ik doe dat al sinds mijn vijfde, eens per halfjaar, en omdat ik nu zeventien ben betekent het dat ik al vijfentwintig keer bij hem ben geweest. Die bezoeken duren twee uur en hebben drie functies. Allereerst controleert hij of mijn hersenen fysiek in orde zijn. Verder helpen de gegevens die hij verzamelt andere mensen die echt hulp nodig hebben. En ten slotte krijg ik sinds vorig jaar driehonderd dollar per bezoek uitbetaald volgens de bepalingen van een beurs die dokter Malone heeft gekregen.

Hij loopt naar het controlehokje en ik loop achter hem aan. ‘Wonderbaarlijk!’ zegt hij nadat hij twee computerschermen heeft bestudeerd. ‘Kom eens hier. Ik wil je iets laten zien.’

Ik loop naar de plaats waar Toby en hij staan. ‘Dit is een beeld van jouw brein terwijl je naar de echte muziek luisterde,’ zegt dokter Malone, ‘en hier zie je hetzelfde terwijl je naar de mentale muziek luisterde of, zoals jij het uitdrukt, hem terugdacht. Zie je het?’

Ik zie twee afbeeldingen van mijn hersenen. Ze hebben allebei rode en blauwe vlekken, maar op verschillende plaatsen. ‘Als je naar de echte muziek luistert worden beide zijden van de slaapkwab geactiveerd.’ Dokter Malone wijst naar een vuurrode vlek in het voorste deel van mijn hersenen op het ene scherm. ‘Maar hier, waar je naar de mentale muziek luistert, gebeurt er iets in de hypothalamus, het oudste deel van het menselijk brein. Je weet wel, het deel dat onze voorouders opdroeg te vechten of te vluchten.'

'Hier licht het hele limbische systeem op als vuurwerk,' zegt Toby, en hij wijst naar het beeld van mijn hersenen terwijl ik naar de IM luister.

Dokter Malone kijkt me aandachtig aan. 'Je bent duidelijk ergens in verdiept, maar je bent niet aan het denken.' Dan kijkt hij naar Toby en zegt: 'Zoek die tests eens op die je met die katten hebt gedaan, je weet wel, waarbij ze gescand werden terwijl iemand een touwtje voor hun neus liet bungelen. Volgens mij werd de hypothalamus daar ook beïnvloed.'

Onwillekeurig glimlach ik in mezelf. Ik vind het wel fijn te weten dat mijn hersenen op die van een kat lijken. Het doet me denken aan iets wat mijn oom Hector eens tegen me zei toen hij me leerde gewichtheffen. Hij zei dat ik me moest concentreren op de spieren die ik gebruikte, als een leeuw die een indringer op zijn hol af ziet komen.

Aurora wacht op me bij de receptie. Ik loop langs haar heen in de hoop dat ze geen tijd verspilt door dokter Malone naar de sessie te vragen, zoals ze meestal doet. Ik wil zo snel mogelijk naar Paterson. Harry is geen geduldig mens. Hij heeft me de vakantiebaan als stalknecht beloofd toen hij zag hoe goed ik met de pony's omging wanneer ik na school met ze bezig was. Maar er waren nog meer leerlingen die graag wilden, omdat het een echt geweldige vakantiebaan is, en ik ben bang om te laat te komen.

Maar het werkt niet. Aurora blijft wachten op dokter Malone, die vlak achter me aan komt. 'En,' zegt ze tegen hem, 'hebt u nog iets gevonden daarbinnen?'

'Leeg, volkomen leeg.' Dokter Malone wil zijn hand op mijn hoofd leggen maar trekt hem dan weer terug, alsof hij opeens merkt dat ik nu langer ben dan hij.

'Zijn vader wil hem volgend jaar naar een gewone school sturen,' vertelt Aurora.

Ik loop terug naar de plek waar dokter Malone en Aurora staan te praten. 'Nee,' zeg ik meteen.

'Ik weet hoe jij erover denkt, jongeman,' zegt Aurora tegen mij. 'Ik wil graag horen wat de dokter ervan vindt.'

Ik zie dokter Malone aarzelen. Hij weet hoe ik het vind om van Paterson af te moeten en naar een gewone school te gaan. 'Natuurlijk is hij er klaar voor. Hij had al vanaf de kleuterschool naar een gewone school kunnen gaan. Natuurlijk kan hij dat.' Dan kijkt hij naar mij en zegt: 'Sorry, makker.'

Ik richt mijn ogen op een punt op de vloer, moeizaam zoekend naar de goede woorden om uit te leggen waarom een gewone school niet goed voor mij zou zijn. Dan hoor ik Aurora zeggen, in een poging me te troosten: 'Dat wil nog niet zeggen dat je er ook echt naartoe gaat. Dat je er klaar voor bent wil nog niet zeggen dat we het ook doen. We hebben het er nog wel over.'

'Ik ben zeventien,' flap ik eruit.

'En?' vraagt Aurora.

'Het hoort Marcelo's besluit te zijn.' Ik verzamel al mijn kracht en kijk op, eerst naar Aurora en dan naar dokter Malone. 'Ik moet de kans krijgen mijn laatste schooljaar op Paterson te blijven, waar ik altijd heb gezeten.'

'Ah, ik denk dat ik hier verder maar buiten blijf,' zegt dokter Malone.

'Is Marcelo's ontwikkelingsleeftijd dezelfde als die van andere zeventienjarigen?' Ik kijk dokter Malone aan.

Hij knikt. Dat betekent dat hij begrijpt wat ik bedoel. 'Ontwikkelingsleeftijd? Wat wil dat zeggen? Iedereen is anders. In sommige opzichten ben jij anderen van jouw leeftijd zo'n vijftig jaar voor.'

Aurora glimlacht.

Dokter Malone houdt er niet van gemakkelijke antwoorden op ingewikkelde vragen te geven, alleen maar om mensen een prettiger gevoel te bezorgen. Wat ik hem wil horen zeggen is dat ik, gezien mijn persoonlijkheid, beter af ben op een school als Paterson.

'Misschien is het goed voor je om eens iets anders mee te maken,' zegt Aurora.

'U weet hoe ik daarover denk,' zegt dokter Malone tegen haar. 'Ik geloof niet in lijden. Als een kind gelukkig is, zich begrepen en gewaardeerd voelt, dan ontplooit het zich in zijn eigen tempo. Paterson is goed voor Marcelo. Kijk maar naar het resultaat.'

Yesss! Dank u wel, dokter, zeg ik in mezelf.

'Mmm.' Dat geluid komt van Aurora.

'Wat betekent "mmm"?' vraag ik eerst aan Aurora en dan aan dokter Malone.

Dokter Malone besluit me antwoord te geven. 'Met die vraag ben je bij mij beslist aan het juiste adres. Wij medici weten alles van "mmm" af. In dit geval denk ik dat je moeders "mmm" betekent dat je volgens haar nog een paar dingen moet leren en dat je, als het aan jou lag, er misschien niet voor zou kiezen die te leren. Klopt dat een beetje?'

'Ja,' zegt Aurora.

'Mmm.' Dit keer komt het geluid van mij. Het is niet mijn bedoeling grappig te zijn.

2

Tijdens de rit naar Paterson denk ik aan de negen haflinger pony's die ik deze zomer ga verzorgen. Ik weet van allemaal de naam en de leeftijd, en van sommige ook de geboortedatum. Ik weet hoeveel inspanning ik van ze mag vragen, hoeveel voer ik ze moet geven, wanneer ik ze water moet geven. En vooral weet ik waar ze graag geborsteld worden. Als stalknecht ben ik verantwoordelijk voor hun verzorging en daar hoort ook het schoonhouden van de stal bij, zoals Harry het graag heeft, dat wil zeggen onberispelijk. Toekomstige leerlingen en hun ouders komen altijd naar de pony's kijken en Harry wil er zeker van zijn dat de stallen en de pony's tiptop zijn. Dat ben ik van nature en daarom ben ik tiptop voor die baan.

Maar die lichamelijke verzorging is niet het enige dat ik te doen krijg. Als stalknecht ben ik ook verantwoordelijk voor het welzijn van de pony's. Ik bepaal wanneer een pony te eten krijgt, water krijgt, rust krijgt. De instructeurs en therapeuten raadplegen mij over de vraag welke pony het geschiktst is voor een kind met een bepaalde beperking. In wezen is het zo dat alle pony's getraind zijn om zich op hun gemak te voelen bij kinderen met allerlei beperkingen. Blinde of dove kinderen, kinderen met autisme, kinderen met motorische stoornissen, multiple sclerose, spina bifida, syndroom van Down, ADHD – maakt niet uit, de pony's zijn altijd rustig en gelijkmoedig. De truc is, zoals Harry me heeft verteld, niet de pony uit te kiezen die zich het prettigst voelt bij een kind, maar andersom: de pony die *het kind* het liefst zal vinden. Harry denkt dat ik daar een gave voor heb.

'Je hebt echt zin om in de stal te gaan werken, hè?' hoor ik Aurora vragen. Het is niets voor haar om overbodige vragen te stellen. Natuurlijk heb ik zin in dit vakantiewerk, zoals ik ook zin heb in mijn laatste jaar op Paterson. Mijn werk als stalknecht gaat in het komende schooljaar door, alleen ben ik dan niet uitsluitend betrokken bij de verzorging van de pony's en de stal, maar ook bij het echte trainen van de dieren. Het nieuwe veulen is in het begin van de herfst oud genoeg om getraind te worden. Het is een ongelooflijk proces om met die pony's aan de slag te gaan en ze te laten wennen aan letterlijk alles wat een gehandicapt kind kan doen. Als ze goed getraind zijn kan geen enkel geluid, ongemak of zelfs pijn, hoe ernstig ook, ze ertoe brengen een kind iets aan te doen.

Daarom zit het me ook zo dwars dat ik misschien naar Oak Ridge High School moet. Dat mag niet gebeuren. Arturo moet ervan overtuigd raken dat ik om net als anderen te worden het beste op Paterson kan blijven, waar ik in mijn eigen tempo kan leren, waar ik leer besluiten te nemen en zelfstandig en verantwoordelijk te zijn, al die dingen die ik van hem moet worden.

'Aurora weet het antwoord op die vraag al. Waarom vraagt ze dat?' Misschien klinken mijn woorden onbeleefd, maar bij Aurora voel ik me op mijn gemak en kan ik op een natuurlijke manier praten.

'Het is alleen...' Ze zwijgt even. Een pauze halverwege een zin, heb ik op Paterson in de les sociale interactie geleerd, kan betekenen dat de spreker op het punt staat iets te zeggen wat de gevoelens van de luisteraar zou kunnen kwetsen. In mijn borst voel ik een *ploink* – een valse noot, zoals wanneer een gitaarsnaar midden in een nummer knapt.

'Arturo.' Ik wil het als een vraag laten klinken, maar dat lukt niet.

Aurora geeft geen antwoord. Ik ga er niet op door. We rijden het terrein van Paterson op en ik zorg er altijd voor niet te praten als we Paterson binnenrijden. Ik kom er al vanaf de eerste klas en nog steeds krijg ik het gevoel dat ik eindelijk ergens ben waar niemand me opjaagt.

Als je de lange oprit inrijdt zie je links een stel bakstenen gebouwen van één verdieping die elkaar raken als een kruiswoordpuzzel die maar gedeeltelijk is ingevuld. Trottoirs verbinden de gebouwen en zelfs vanuit de verte kun je zien dat iemand in een rolstoel of iemand die niet kan zien zo gemakkelijk van het ene gebouw naar het andere kan komen.

Rechts als je binnenkomt liggen sportvelden van verschillende afmetingen en vormen. Er staan grote eiken en iepen langs de rand van die velden, zodat je er 's zomers omheen kunt lopen zonder ergens de schaduw uit te hoeven. Achter de sportvelden liggen de stallen en de pistes voor de ruiters.

Aurora zet de auto op de parkeerplaats die het dichtst bij de stallen ligt en we stappen uit. Jane, een van de therapeuten, leidt Gambolino en een klein meisje dat ik niet herken over de ovale piste.

De grotere, ronde piste is leeg. Als over een paar dagen de zomersessies beginnen, krioelt het op de pistes van de instructeurs, therapeuten, kinderen en vrijwilligers. De dag begint om acht uur en duurt tot zes uur 's avonds. Ik zie Harry voor de stal naar ons staan zwaaien.

'Kom, ik wil je iets laten zien!' roept hij. Ik begin te rennen. Aurora gaat sneller lopen. Ik weet al wat hij me wil laten zien en daarom ren ik langs hem heen de stal in. In een van de boxen zuigt een pasgeboren ponyveulen aan de tepel van zijn moeder, Frieda.

'Hij is midden in de nacht geboren. Ik hoefde niet eens de veearts te bellen. Hij kwam er zó uit, of het niks was.'

'Wat is hij mooooi,' zegt Aurora.

Ik ben verbijsterd. Ik heb wel vaker pasgeboren haflinger pony's gezien, maar deze is... gaaf. Gaver dan gaaf.

'Ik wou je gisteravond bellen zodat je erbij kon zijn, maar het ging opeens zo snel. Toen ik om elf uur ging kijken was er nog niets aan de hand. Frieda ademde een beetje zwaar, maar ik dacht echt dat dat beestje nog een week of wat zou wachten, zoals de veearts zei. Dan, om middernacht, hoor ik blaffen; dat is Romulus die me waarschuwt dat er iets aan de hand is, en daar is dat kleintje, al half eruit, keurig met zijn hoofd eerst.'

Romulus is de Duitse herder die mijn oom Hector aan Paterson heeft gegeven. Hij zit naast Frieda's box het kleintje te bewaken.

Romulus en ik kijken elkaar aan tot hij met beide ogen naar me knipoogt.

'Heeft hij al een naam?' vraagt Aurora.

'Hou op. De kinderen zijn al namen aan het verzinnen sinds we Fred en Frieda hebben laten paren. Voortbordurend op het Pruisische thema wordt het Fritzy. Als hij een zij was geweest was het Fredericka geworden.'

'Fritzy,' zeg ik hardop.

'Ik zou liever iets als Shanny hebben gehad, afkorting van Shannon.'

'Mooie Ierse naam,' zegt Aurora.

'Maar haflingers komen oorspronkelijk uit Pruisen. In Amerika gebruiken de Amish ze,' merk ik op.

'En als werkpaard mogen ze er zijn, beter dan veel andere,' zegt Harry. 'Ze ploegen rustig de hele dag je akker, en ook nog 's avonds. Ideaal voor de kinderen hier, met een rug die breed genoeg is om gemakkelijk je evenwicht te bewaren en een zwaartepunt laag bij de grond.'

'Mag ik een poosje bij Frieda blijven zitten?' vraag ik.

'Van mij wel,' zegt Harry snel. 'Ze is nog een beetje van slag. Het zal haar goed doen jou bij zich te hebben.'

Ik open de deur van de box, loop zachtjes naar binnen en ga dicht bij Frieda zitten, die met gebogen knieën op de grond ligt. Fritzy zoekt naar een nieuwe tepel om aan te zuigen. Ik zit zo dicht bij haar hoofd dat ik het zou kunnen aanraken, maar dat doe ik niet. Het is niet nodig dieren aan te raken tenzij ze daar zelf om vragen op een van de vele manieren waarop ze communiceren: door naar je toe te komen, door hun kop naar je op te heffen of door de manier waarop ze je aankijken. Ik sluit mijn ogen, sla mijn armen over elkaar en adem de geur in van hooi en van Fritzy. In de verte hoor ik Aurora aan Harry vragen of ze hem even kan spreken.

Tijdens de rit naar huis voel ik dat er iets onprettigs gaat gebeuren en mijn hoofd probeert de bron van dat akelige voorgevoel te ontdekken. Aurora vraagt of alles goed met me is en ze wacht op een reactie, maar ik doe alsof ik haar niet hoor en blijf zwijgen. Aurora vraagt het niet opnieuw. Ze weet dat ik mijn mond wel opendoe als ik dat wil, op het juiste moment.

We zijn halverwege voor ik dat vreemde gevoel heb thuisgebracht. Het voelt alsof je in het donker een trap af loopt en niet weet wanneer je bij de laatste trede bent. Ik ben er ook in geslaagd te achterhalen waar dat gevoel vandaan komt. Ik herinner me dat Aurora aan dokter Malone vertelde dat ik van Arturo voor mijn laatste schooljaar naar Oak Ridge High moet. Ik herinner me haar pauze midden in een zin toen we het over mijn werk in de stallen hadden. Ik herinner me dat Aurora aan Harry vroeg of ze hem even kon spreken. Ik merk zo veel details op van wat er gebeurt en herinner me zo ongeveer alles wat ik opmerk, al lijkt het soms of ik niet oplet. Het probleem is alle details die mijn hersenen in één keer op zich af krijgen te interpreteren. Maar soms kan ik dat. Zoals nu. Wat ik begrijp uit alles wat ik heb opgemerkt, is dat mijn plannen voor het komende jaar op korte termijn gewijzigd zullen worden.

Als we bijna thuis zijn zegt Aurora: 'Zit je terug te denken?'

'Terugdenken' is het woord dat Aurora en ik gebruiken als we het over de momenten hebben waarop ik naar de IM luister of in gedachten een passage opzeg uit een van de vele heilige boeken die ik graag lees. Toen ik nog klein was en vaak driftbuien had, vroeg Aurora me op zo'n moment op een stille plek te gaan zitten en terug te denken. Daar werd ik kalmer van, van naar de IM luisteren of de Heilige Schrift opzeggen. Nu kies ik er zelf voor 'terug te denken', of ik nu van streek ben of niet. Het feit dat ze vroeg of ik daarmee bezig was moet betekenen dat ze weet dat me iets dwarszit.

Na een poosje zeg ik tegen haar: 'Vader ziet het verkeerd.'

'Het is lang geleden dat ik je over je vader als "vader" heb horen praten. Wat ziet vader verkeerd?'

'Dat ik volgend jaar naar Oak Ridge High moet. Ik weet dat dat is wat je me niet wilt vertellen. Paterson is waar Marcelo thuishoort.

Daar leer ik zelfstandig zijn zoals Arturo wil. Daar leer ik functioneren zoals hij wil dat Marcelo functioneert.'

'Hij wil met je praten als we thuis zijn. Probeer open te staan voor wat hij te zeggen heeft. Misschien heeft hij gelijk.'

'Ik sta open. Ik heb er meer over nagedacht dan jullie weten. Maar hij heeft ongelijk als hij Marcelo van Paterson af haalt.'

'Hij was er niet vóór dat je naar Paterson ging, maar je zit daar al vanaf de eerste klas. Hij had bezwaar tegen je bezoekjes aan rabbijn Heschel, maar je gaat nu al vijf jaar elke veertien dagen naar haar toe. Hij was het niet eens met de sessies bij dokter Malone. Hij wou ook niet dat je in het boomhuis woonde. Toch heeft hij je dat allemaal laten doen, ondanks zijn twijfels.'

'Hij zag ook verkeerd hoeveel profijt Marcelo van al die dingen zou hebben.'

'Wat ik wil zeggen is dat het misschien jouw beurt is om zijn aanpak te vertrouwen. Probeer er in elk geval voor open te staan. Luister met vertrouwen naar hem. Vertrouw je je vader? Vertrouw je erop dat hij het beste voor je wil?'

'Vertrouwen' is een van die abstracte woorden die ik maar moeilijk kan begrijpen. In dit geval kan ik er het woord 'geloven' voor in de plaats zetten en dat lijkt te werken. Geloof ik dat mijn vader het beste voor me wil?

'Ja,' zeg ik. 'Maar toch ziet hij het verkeerd.'

3

Ik stap uit de auto en loop naar de achterdeur. In de achtertuin zie ik Arturo steaks barbecueën. Ik hoop binnen te komen zonder dat hij me ziet. Ik ben nog niet klaar voor de discussie waarvan ik weet dat hij zal komen en ik heb meer tijd nodig om zijn vragen te voorzien en mijn antwoorden uit mijn hoofd te leren. Maar Aurora roept naar hem van bij de achterdeur.

'Sorry dat we zo laat zijn. We kwamen in de file terecht.'

Hij antwoordt zonder om te kijken. 'Ik zag nog geen eten opstaan, daarom dacht ik dat ik maar wat op de barbecue moest leggen.'

'Ik zal de salade maken,' zegt Aurora, en ze gaat naar binnen.

Ik wil ook naar binnen gaan als Arturo zegt: 'Kan ik je even spreken, Marcelo?'

Ik loop zo langzaam als ik maar kan. Arturo staat met een reusachtige vork in het rode vlees te prikken.

'Nog niet klaar,' zegt hij. Hij doet het zwarte deksel weer op de barbecue en gaat op een van de witmetalen stoelen zitten. 'Kom even zitten.' Hij trekt een stoel bij. 'Hoe was het met dokter Malone?'

'Goed.' Ik sta nog steeds. Ik kijk naar de rode naald van de thermometer die aan de barbecue zit. Hij schuift langs de honderdvijftig graden.

'Marcelo,' hoor ik hem roepen. Hij houdt een glas halfvol robijnrode wijn in zijn hand. Ik weet dat Arturo niet blij is met mijn bezoekjes aan dokter Malone. Hij gelooft dat de tests impliceren dat er iets mis is met mij, wat volgens hem niet zo is. 'En, wat heeft de goede dokter ditmaal met je uitgespookt?'

'De hersenen werden gescand terwijl Marcelo naar muziek luisterde.'

'Probeer dat nog eens te zeggen.'

'*Mijn* hersenen werden gescand terwijl *ik* naar muziek luisterde.' Ik houd mezelf voor dat ik niet in de derde persoon over mezelf moet praten. Ook moet ik eraan denken hem niet met Arturo aan te spreken.

'Dank je. O ja? Echte muziek of het soort dat alleen jij kunt horen?'

Als we over de IM praten wordt Arturo daar zenuwachtig van, heb ik gemerkt. Ik probeer van onderwerp te veranderen. 'Na dokter Malone zijn we naar de pasgeboren pony op Paterson gaan kijken.'

'Dat is leuk. Maar je hebt nog geen antwoord gegeven.'

Het lukt je nooit van onderwerp te veranderen bij Arturo. 'Echte muziek,' zeg ik. Dat is geen leugen. De IM is net zo echt als welke muziek ook.

'Hoe lang duren die bezoeken?'

'Twee uur, ongeveer.'

'Nee, dat bedoelde ik niet. Ik bedoel: hoe lang gaan die experimenten of observaties nog door?' Voor ik antwoord kan geven zegt hij: 'Ik heb een voorstel dat ik met je wil bespreken.'

Ik voel mijn borst verstrakken. 'Ik ga niet naar Oak Ridge High.' Ik hoor mijn stem trillen terwijl ik dat zeg.

Arturo's gezicht wordt ernstig. Ik zet me schrap. Ik weet dat hij van het ene moment op het andere kan omschakelen van vader naar advocaat. Het gezicht van Arturo de vader krijg ik minder vaak te zien dan mijn zusje, Yolanda. Ik krijg vaker Arturo de advocaat: ogen die me zonder knipperen strak aankijken, het stemvolume volkomen onder controle. Dan wordt hij iemand die zijn zelfbeheersing alleen verliest als hij dat wil.

'Dit is wat ik zou willen voorstellen.' Ik verwacht een pauze omdat hij sneller praat dan gewoonlijk. Maar hij blijft even snel praten als hij altijd tegen Yolanda doet. 'Ik wil dat je deze zomer op het advocatenkantoor komt werken.'

Dat is een complete verrassing. Ik heb even tijd nodig om woorden te vinden, welke woorden dan ook. Als ik ze heb zeg ik: 'Ik heb een vakantiebaan op Paterson.'

'Je gaat in de postkamer helpen.' Hij hoort niet wat ik zeg of verkiest dat niet te horen.

'Ik heb al werk,' herhaal ik.

'Ga zitten, alsjeblieft.' Hij wijst naar de stoel. Ik ga zitten.

Hij schuift op zijn stoel naar voren zodat onze knieën elkaar bijna raken. Hij laat zijn stem zakken. Nu is hij een vader. 'Ik wil dat je werk doet waarbij je met mensen omgaat, nieuwe dingen tegenkomt die je zelf moet uitzoeken. Op Paterson doe je toch niets waarvan je iets leert wat je nog niet kunt?'

'Ik ga leren de pony's te trainen.'

'Maar in dit stadium van je leven moet je tussen mensen werken.'

'Waarom?'

'Dat is iets wat jij eigenlijk nog nooit hebt meegemaakt. Op Paterson zit je in een beschermde omgeving. De leerlingen daar op school zijn niet... normaal. De meesten zullen hun hele leven blijven zoals ze nu zijn. Jij daarentegen bezit het vermogen te groeien en je aan te passen. Zelfs die dokter Malone van je denkt dat dat zo is. Dat zegt hij al vanaf de allereerste keer dat we hem hebben gesproken. Al die jaren was het niet echt noodzakelijk dat je op Paterson zat. Jij hoort daar eigenlijk niet thuis. Ik weet dat je dat zelf ook doorhebt. Er is niets mis met jou. Je leeft alleen in een ander tempo dan anderen van jouw leeftijd. Maar om te groeien en niet te blijven steken moet je in een normale omgeving komen. Het is er tijd voor. Dit is mijn voorstel: als je deze zomer bij mij op kantoor werkt beslis je aan het eind ervan zélf of je je laatste schooljaar op Paterson of op Oak Ridge High doorbrengt.'

Nu pauzeert hij wel. Hij weet dat ik tijd nodig heb om het te verwerken. Eén zomer op het advocatenkantoor tegenover een heel jaar op Paterson. Ik loop Fritzy's eerste maanden mis, maar ik kan hem volgend jaar nog wel trainen. Arturo onderbreekt mijn gedachten. 'Eén ding.' Ik zie hem het glas wijn pakken en naar zijn mond brengen. Ditmaal komen de woorden heel langzaam. 'In het najaar mag je doen wat je wilt...' Hij wacht tot onze blikken elkaar ontmoeten en gaat dan verder. 'Maar deze zomer moet je je houden aan alle regels van de... echte wereld.'

'De echte wereld,' zeg ik hardop. Dat is een van Arturo's lievelingsuitdrukkingen.

'Ja, precies. De echte wereld.'

Hoe vaag en ruim dat begrip ook is, ik heb wel een idee wat het inhoudt en welke moeilijkheden het met zich meebrengt. Je aan de regels van de echte wereld houden betekent bijvoorbeeld zomaar een praatje maken met andere mensen. Het betekent mijn mond houden over mijn speciale interesses. Het betekent mensen aankijken en ze een hand geven. Het betekent dingen 'uit de losse pols' doen, zoals we dat op Paterson noemen, wat wil zeggen: dingen doen die niet van tevoren gepland zijn. Misschien betekent het ook naar plaatsen lopen of rijden die ik niet ken, stadsstraten vol drukte en lawaai. Ook al doe ik mijn best kalm te lijken, ik voel me doodsbenauwd worden als ik me voorstel dat ik in mijn eentje in Boston op straat loop.

Arturo glimlacht alsof hij weet wat er door mijn hoofd gaat. 'Maak je niet ongerust,' zegt hij sussend, 'we beginnen rustig aan. De echte wereld zal je heus geen kwaad doen.'

Er dobbert een vraag in me rond maar ik kan er nog even niet de woorden voor vinden. Ik open mijn vuisten en klem ze weer dicht terwijl ik wacht tot de vraag zichzelf formuleert. Eindelijk is hij er. Ik zeg tegen Arturo: 'Mag Marcelo... mag ik aan het eind van de zomer... hoe dan ook beslissen waar ik komend jaar naar school ga?'

'Hoe dan ook? Ik volg je niet.'

'Als ik me van de zomer aan de regels van de echte wereld hou, zei je, mag ik zelf beslissen waar ik volgend jaar naartoe ga. Wie maakt uit of ik me aan de regels heb gehouden? Ik ken niet alle regels van de echte wereld. Die zijn niet te tellen, voor zover ik tot nu toe heb kunnen nagaan.'

'Ah.' Nu is het Arturo de vader die praat. 'Goed, kijk. Het bedrijfsleven heeft zijn regels. Het advocatenkantoor heeft zijn regels. De postkamer heeft zijn regels. Het juridische systeem heeft zijn regels. De echte wereld als geheel heeft zijn regels. Die regels gaan over hoe je je gedraagt en hoe je dingen moet doen om te slagen. Slagen wil zeggen de taak volbrengen die ons is toegewezen of die we zelf op ons hebben genomen. Jij zult je zo goed mogelijk moeten aanpassen aan de omgeving die door die regels wordt bepaald. Op

Paterson past de omgeving zich aan jou aan. Als je meer tijd nodig hebt om een proefwerk af te krijgen, dan krijg je die. In de postkamer moet een pakje op een bepaalde tijd de deur uit zijn, anders zwaait er wat. Wat betreft de vraag wie wat uitmaakt: volgens mij heeft deze exercitie alleen zin als er iets op het spel staat. Als jij alleen maar voor de vorm meedoet, alleen maar elke dag komt opdraven zonder je best te doen, nee, dan ben je niet in staat te beslissen waar je het komende jaar doorbrengt, want dan heb je je niet aan de regels van de echte wereld gehouden. Ik heb het idee dat we aan het eind van de zomer allebei absoluut zeker zullen weten of je bent geslaagd of niet. Maar als we het om de een of andere reden niet eens zijn vind ik dat de uiteindelijke beslissing bij mij moet liggen. Ik ben de vader en jij bent de zoon. Ik ben straks jouw baas en jij bent de werknemer. Klinkt dat redelijk?'

Ik knik. Ik lieg nooit. Maar nu wel. Iets aan wat Arturo daarnet heeft gezegd klinkt niet redelijk.

Hij wacht of er nog meer vragen komen. Hij weet dat ik even tijd nodig heb om informatie te verwerken. Ik heb nog één vraag. 'Hoe kan Marcelo slagen in de postkamer?' Ik zou graag een schema of afbeelding hebben van wat dat inhoudt, zodat ik me erop kan voorbereiden.

'Elke opdracht die je krijgt draagt zijn eigen definitie van succes in zich. Je hebt het recht iedereen op kantoor die jou iets opdraagt om instructies te vragen. Je slaagt als je laat zien dat je die instructies kunt uitvoeren. Ik weet dat dat erg vaag klinkt en dat je graag meer duidelijkheid zou hebben. Je moet me vertrouwen. Niemand zal je vragen iets te doen wat je vaardigheden te boven gaat. Vertrouw je me? Ik ben altijd fair, of niet soms?'

Ditmaal weet ik niet hoe het woord 'vertrouwen' is gebruikt. Maar 'fair' begrijp ik. 'Ja,' zeg ik. Het klopt. Arturo is altijd fair.

'Mooi,' zegt hij. 'Ik zal eerlijk tegen je zijn. Ik hoop dat je na deze zomer voor Oak Ridge High zult kiezen. Daarbuiten ligt een gezond en normaal leven waaraan jij deel hoort te nemen. Dus spreken we het zo af?'

'Er zijn dingen die ik niet kan, zelfs al zou ik ze willen,' zeg ik.

'Zoals?'

'Er zijn zo veel dingen die ik nog moeilijk vind. Ik kan niet zonder kaart in mijn eentje in een vreemde plaats rondlopen. Ik word zenuwachtig als me wordt gevraagd meer dan één ding tegelijk te doen. Mensen zeggen woorden die ik niet snap of hun gezichtsuitdrukking is onbegrijpelijk voor me. Ze verwachten reacties van me die ik niet kan geven.'

'Dat die dingen je niet lukken, komt misschien niet doordat je ze niet kunt, maar doordat je nog nooit in een omgeving bent geweest die je uitdaagt ze te doen. Jasmine, het meisje dat de postkamer runt, laat je wel zien hoe alles gaat. Ik heb het al met haar over je gehad. Ze zal het je in het begin niet te moeilijk maken. Maar dat wil niet zeggen dat je niet af en toe uit je veilige cocon zult moeten komen.'

Ik denk eraan dat ik dit najaar fulltime op Paterson kan werken en dan Fritzy en de andere pony's kan trainen. Van de zomer kan ik in het weekend naar de pony's toe. Arturo vraagt me in wezen drie maanden lang te doen alsof ik normaal ben, volgens zijn omschrijving. Voor zover ik het kan bekijken is dat een onmogelijke taak, vooral omdat ik me maar heel moeilijk kan voorstellen dat ik *niet* normaal ben. Waarom kunnen anderen niet denken en de wereld zien zoals ik doe? Maar na drie maanden is het voorbij en kan ik zijn wie ik ben.

'Denk er maar over na. Laat het morgenochtend vroeg maar weten.'

'Goed,' zeg ik. 'Ik zal erover nadenken.' Ik sta op en loop naar mijn boomhuis. Namu, die al die tijd aan mijn voeten heeft gelegen, loopt naast me.

'Je wordt te oud om in een boomhuis te wonen,' hoor ik Arturo achter me zeggen.

Ik doe alsof zijn woorden me niet bereiken.

4

Het boomhuis was Yolanda's idee. Toen ik tien was zaten we een keer in het souterrain een film te kijken die *Swiss Family Robinson* heette en toen bedacht zij opeens dat ik een boomhuis zou moeten hebben. Ze dacht dat het goed voor me zou zijn als ik een plek van mezelf had waar ik iets kon doen aan mijn angst om ergens anders dan in mijn eigen kamer te slapen. Een boomhuis zou me de kans geven onafhankelijker te worden, volgens Yolanda.

Ze ging meteen aan de slag. Ze vond een website over boomhuizen en downloadde daar tekeningen voor zo'n huis. De volgende ochtend nam ze die mee naar school en haalde de leraar handenarbeid over de bouw van een boomhuis tot klassikaal project te maken.

Het bouwen was makkelijk. Yolanda's klas timmerde zelfs een hondenhok voor Namu onder het boomhuis. Het moeilijkste was Arturo zover te krijgen dat hij toestemming gaf. Hij dacht dat ik door het boomhuis nog meer op mezelf zou worden. Het vergde heel wat overredingskracht, maar uiteindelijk kregen Aurora en Yolanda hem zover dat hij het goedvond. Ik weet nog steeds niet hoe. Arturo's enige voorwaarde was dat leidingen voor elektra en kabel door een gediplomeerd elektricien werden geïnstalleerd.

Je komt het boomhuis binnen via een valluik in de vloer. Daarvoor moet je een drie meter hoge touwladder beklimmen, het luik optillen en jezelf met behulp van je armspieren omhoog zwaaien. Ik klim naar boven en ga op bed liggen. Mijn vuisten openen en sluiten zich, zoals altijd wanneer ik kwaad ben. Ik weet niet wat ik moet doen. Ik ben te rusteloos om op bed te blijven liggen. Ik kom overeind en ga op mijn bureaustoel zitten. Op het bureau heb ik een cd-speler, een koptelefoon en mijn laptop. Ik sta op en zet de twee ramen open. Ik ga weer zitten en wil net de koptelefoon pakken als ik Aurora's stem hoor.

'Doe eens open. Zo meteen val ik.'

Ik open het valluik en zie dat ze zich maar net kan vasthouden. In haar ene hand heeft ze een plastic zakje met een sandwich en met de andere houdt ze het touw vast. Ik pak het plastic zakje aan en help haar omhoog.

'Poeh,' zucht ze als ze binnen is. 'Je maakt het de mensen niet erg makkelijk om bij je op bezoek te komen, hè?'

Ik bedenk dat ze pas één keer eerder in het boomhuis is geweest. De middag dat abba stierf kwam ze naar boven om het te vertellen.

'Alles goed?' vraagt ze.

'Nee.'

'Je vader zei dat hij het er met je over heeft gehad dat je van de zomer bij hem op kantoor gaat werken.'

'Jij wist al dat hij het daarover wilde hebben. Daarom vroeg je aan Harry of je hem even kon spreken. Je wou hem vertellen dat Marcelo daar van de zomer niet kwam werken.'

Ze slaat haar ogen neer en kijkt dan weer op. 'Het was belangrijk dat je het eerst van je vader hoorde. Hij kijkt hier al heel lang naar uit. Ik heb tegen Harry gezegd dat we hem morgen zouden bellen om het te laten weten. Het is nog steeds jouw besluit. Je vader zei dat hij je de keus had gegeven.'

'Op Paterson werken is wat ik wil.'

'Maar snap je zijn standpunt?'

'Dat wel, maar hij heeft het fout.'

'Vertel eens waarom hij volgens jou wil dat je bij hem op kantoor komt werken.'

'Het is de echte wereld.'

Ze lacht. 'Je wordt aardig goed in gekke gezichten trekken.'

'Het was niet mijn bedoeling om gek te doen.'

'Je vader wil dat je dat soort werk eens probeert.'

'Brieven versturen in de postkamer.'

'Maar dat is niet het enige. Hij wil dat je meemaakt hoe het is om naar je werk te gaan en in je eentje van het station naar het kantoor te lopen en om te gaan met mensen die... met gewone mensen.

Ik heb Jasmine, het meisje met wie je in de postkamer gaat samenwerken, weleens ontmoet. Ze is maar een paar jaar ouder dan jij. Je vindt haar vast aardig.'

'De kinderen die ponyrijden op Paterson zijn gewone mensen. Harry is een ontzettend gewoon mens.'

Ze hijst zich van haar zitplaats op de vloer overeind en loopt naar de bureaustoel. Als ze weer zit zegt ze: 'Weet je nog toen ik je voor het eerst meenam naar het ziekenhuis? Toen je een jaar of negen was?'

'Marcelo was de eerste keer acht jaar.'

'Zo jong? Ik ging Carmen opzoeken. Ken je Carmen nog? Ik ging op zaterdag, ook al had ik die dag vrij, omdat ik wist dat ze er slecht aan toe was. Ik nam jou mee en liet je zolang in de speelkamer. Toen ik terugkwam zat je daar met twee andere jongetjes een Lego-kasteel te bouwen. Je praatte niet met ze en speelde eigenlijk ook niet met ze. Jullie zaten met z'n drieën naast elkaar rustig aan dat kasteel te bouwen. Weet je nog? En daarna deed je alles om maar weer met mij mee naar mijn werk te kunnen. Je voelde je op je gemak bij die kleine kinderen.'

'Carmen, Joseph, ze zijn allemaal doodgegaan.'

'Ja. Ik dacht dat het goed voor je was om met die kinderen om te gaan. En voor hen was het ook goed. Ze vonden je aardig, al zei je haast nooit iets tegen ze. Gewoon door daar te zijn zorgde je dat ze kalmer werden.'

'Marcelo luisterde naar hen.' Om de een of andere reden verval ik bij Aurora in de derde persoon.

'Maar je wilde steeds vaker mee. Ik vond het geweldig voor jou en voor de kinderen. Maar nu heb ik mijn twijfels.'

'Twijfels.'

'Of het wel goed was om jou met zo veel pijn, zo veel dood in aanraking te laten komen.'

'Pijn en dood doen mij niet zoveel als ze anderen schijnen te doen.'

'Nee?'

'Ze maken deel uit van Gods schepping.'

'Alleen zijn jongeren van jouw leeftijd meestal niet met zulke dingen bezig. Die zijn in andere dingen geïnteresseerd: met hun vrienden optrekken, lol maken. Je vader zou het fijn vinden als jij iets ervaart van de wereld waarin de meeste mensen leven.'

'Wat voor wereld is dat dan?'

'Paterson en zelfs St. Elizabeth's, al zie je daar nog zo veel pijn, zijn beschermde omgevingen. Voor wat je op Paterson met de pony's en de kinderen doet hoef je niet uit je veilige cocon te komen, zoals je vader dat noemt. Het daagt je niet uit en helpt je niet verder in de gebieden die je moet ontwikkelen om onafhankelijk te worden. Snap je dat?'

Ik heb even wat tijd nodig om haar woorden te laten doordringen. Dan zeg ik: 'Jij vindt dat iemand van zeventien onafhankelijker hoort te zijn dan ik ben.'

'Op Paterson draag je iets bij door gewoon jezelf te zijn. Het is gemakkelijk voor je om bij de pony's te zijn en bij de kinderen die daar komen, en zo goed als je kunt met hen om te gaan. Het werk op het advocatenkantoor zal nieuwe vaardigheden van je vragen en je zult te maken krijgen met mensen die niet altijd aardig zijn.'

'Jij denkt dat ik goed met de pony's en kinderen omga omdat ik zelf nog een kind ben,' zeg ik.

'Je bent kinderlijk. En dat maakt jou wie je bent.'

'Maar?'

'Je moet leren overleven.' Ze lijkt droevig als ze dat zegt.

'Marcelo is bang.'

'Weet ik. Dat is precies waar het om gaat. Op Paterson ben je niet bang, hè?'

'Nee.'

'Dus is het goed om deze moeilijke taak op je te nemen en tot een goed einde te brengen, zoals je al zoveel andere moeilijke taken tot een goed einde hebt gebracht.'

Ik doe mijn handen snel open en dicht. 'Ik wil daar niet werken.'

Aurora zegt niets. Ze sluit haar ogen en ik denk ze misschien erg moe is van haar inspanningen om mij te overtuigen. Als ze ze weer opent vraagt ze: 'Heb ik je wel eens over meneer Quintana verteld?'

'Nee.'

'Toen ik zo oud was als jij had ik een vakantiebaan als verpleeghulp in het Thomas Jefferson Hospital in El Paso. Meneer Quintana was een oude heer met alvleesklierkanker. Hij was herstellende van een chemokuur en zou nog te horen krijgen of de behandeling iets had uitgehaald. Dat geloofde eigenlijk niemand, omdat alvleesklierkanker zo dodelijk is. Maar hij wist dat er na de kuur een paar goede weken kwamen waarin hij zich min of meer gezond zou voelen. Daarna zou vermoedelijk een laatste terugval volgen. Maar goed, toen ik op een dag zijn kamer aan het schoonmaken was, vroeg hij of ik een rijbewijs had, en ik zei ja. Toen vroeg hij of het misschien mogelijk was dat ik een tochtje met hem maakte naar een pretpark waar ze de engste achtbaan uit het land zouden hebben. Hij zei dat hij zijn hele leven nog nooit in een achtbaan had gezeten. Hij was doodsbang. Maar hij wilde niet sterven zonder er ooit in gezeten te hebben. In het ziekenhuis had hij een paar kinderen leren kennen die ook kanker hadden, en die wilde hij meenemen. Hij had alleen nog iemand nodig die hen kon rijden.' Aurora zwijgt om te kijken of ik luister. Maar ze weet best dat ik dat doe en ze weet ook wat ik nu ga vragen.

'En toen?'

'Toen gebeurde er een klein wonder, denk ik. Ik zei dat ik het zou doen als mijn moeder het goedvond, en ik wist maar al te goed dat abba nooit zou toestemmen. Maar toen ik er tegen haar over begon zei ze niet meteen nee, zoals ik had verwacht; ze zei dat ze meneer Quintana graag eerst een keer wilde ontmoeten. Ik had echt geen moment gedacht dat ze er zelfs maar over zou willen nadenken.'

'En toen?' Aan de ene kant wil ik uitpuzzelen waarom Aurora me dit verhaal vertelt, maar aan de andere kant wil ik alleen maar weten hoe het verdergaat.

'Ze praatte met hem en na afloop zei ze dat het goed was. Het was een ongelooflijke reactie – van abba. Maar ik zag het feit dat ze zo gemakkelijk toestemde als een teken dat dat uitstapje was voorbestemd. Dus daar gingen we, op ons gekke, enge, spannende, pijnlijke, vrolijke avontuur. Een stervende oude man, twee jongens in tijdelijke remissie van kanker die maar een jaar jonger waren dan ik, en een meisje van zeventien dat nog nooit buiten Texas was geweest. Met ons vieren op zoek naar de ultieme achtbaanrit.'

'En iedereen ging in de achtbaan.'

'De allerengste. Een enorme, rammelende achtbaan op een houten frame in Tennessee die "The Big Woodie" heette. Hij had een val van vijf seconden en zes g-krachten. Maar daarvóór moest ik meneer Quintana zover krijgen dat hij een paar kleinere probeerde. Ik was bang dat hij een hartaanval zou krijgen als hij niet eerst in een paar kleinere ging om te wennen. Hij was nog steeds doodsbang toen hij in The Big Woodie zat, maar hij deed het toch. Toen hij eruit kwam vroeg ik of alles in orde was. Weet je wat hij zei?'

'Nee.'

'Hij zei: "Dat vertel ik je wel als mijn *bolas* zijn teruggevallen in hun zak."' Aurora lacht in zichzelf. Ik lach ook. Ik vind het leuk als ze eens schuine woorden gebruikt. *Bolas*, weet ik, is Spaanse schuttingtaal voor testikels. (Zulke dingen leren we ook op Paterson.) Maar zodra ik uitgelachen ben probeer ik erachter te komen waarom Aurora me die herinnering van haar juist nu vertelt. Ik kan zien dat ze hoopt dat ik de moraal van het verhaal uit mezelf snap. Maar het bevat verschillende boodschappen en ik weet niet welke ik moet kiezen. Probeert ze me te vertellen dat het advocatenkantoor op een enge achtbaan lijkt, waar mijn testikels tot in mijn keel vliegen, figuurlijk gesproken? Ik heb geen idee hoe dat voelt, maar ik hoop oprecht dat het niet zo is.

Als ze ziet dat ik moeite heb met reageren zegt ze: 'Het is alleen maar deze zomer. Je vader meent het als hij zegt dat jij aan het eind daarvan mag beslissen waar je je laatste schooljaar doorbrengt.'

'Aurora.'

'Ja?'

'Zien anderen mij ook als een kind?'

'Je ziet er net zo uit als iedere andere jonge man. Beter zelfs. Je bent knapper dan de meeste anderen. Je bent lang en knap en sterk.'

'Net als Arturo.'

'Ja.'

'Maar soms denk ik als een kind.'

'Je bent wie je bent.'

'Als ik ben wie ik ben, waarom kan ik dan niet ergens gaan werken waar ik kan zijn wie ik ben?'

Lachend schudt ze haar hoofd. 'Op het kantoor leer je nieuwe vaardigheden en manieren om het leven aan te kunnen.'

'Andere dan ik op Paterson kan leren?'

'Ja.'

'Welke dan?'

Ze zwijgt even. Ze haalt diep adem voor ze doorgaat. 'Een paar maanden na onze tocht stierf meneer Queen – zo noemden we meneer Quintana. Op dat moment besloot ik dat ik met kinderen wilde werken die kanker hadden. Ik wou altijd al verpleegkundige worden, maar na die tocht, tijdens de begrafenis, besloot ik wat voor *soort* verpleegkundige. Van alle richtingen in de verpleging was dat degene die me de meeste angst aanjoeg, maar ook degene waarbij de kans het grootst was dat ik aan het eind van mijn leven zou zeggen: "Nu kan ik als een gelukkig mens sterven."

Maar ik besefte dat ik om met kinderen te werken zacht én sterk zou moeten zijn. Zacht en vol zorg tegenover de kinderen, maar sterk en onbuigzaam tegenover alles wat dreigde hun pijn te vergroten of hun kans op genezing te verkleinen. In St. Elizabeth's moet ik de kinderen soms beschermen tegen arrogante of zelfs onoplettende artsen. Soms moet ik ze tegen de zogenaamd "gezonde mensen" beschermen. Ik bescherm ze tegen ziekenhuisbureaucraten, tegen verzekeringsmaatschappijen. Soms moet ik ze tegen hun eigen ouders beschermen. Ik bescherm ze soms zelfs tegen hun eigen negatieve gedachten. Dat zou ik niet kunnen, hen beschermen, als ik geen volwassene was, als ik niet sterk was, als ik niet bereid was voor ze te vechten. Snap je dat?'

'Ja.' Het is waar. Ik zie in dat Aurora zacht en sterk is. Dan ga ik door: 'Ik wil volgend jaar niet naar Oak Ridge High. Een gewone high school is niet geschikt voor Marcelo. Daar pas ik niet. Aurora zei daarnet dat Marcelo niet met dezelfde dingen bezig is als de meeste anderen van zijn leeftijd. Op Paterson doet het er niet toe in wat voor dingen ik geïnteresseerd ben of hoe ik denk. Ik kan daar beter leren omdat niemand zich er daar druk om maakt dat Marcelo anders is. Aurora kon zelf kiezen wat ze wilde gaan doen. Abba zei niet tegen haar dat ze geen verpleegkundige mocht worden. Niemand belette haar met kinderen te gaan werken. Na Paterson wil ik verpleegkundige worden, net als Aurora, en met haflinger pony's en gehandicapte kinderen werken. Ik zie het verschil niet.'

Ze grinnikt. 'Je klonk daarnet heel erg als je vader de advocaat.' Dan wordt ze weer ernstig en knikt dat ze het begrijpt. 'Als jij dat niet wilt hoef je na de zomer niet naar een gewone high school. En daarna, nou, niemand zal je ervan weerhouden je eigen weg te kiezen. Als jij hetzelfde wilt gaan doen als je moeder, dan heb je mijn zegen, en geen mens zal je tegenhouden.'

'Arturo zei dat ik alleen zelf mag beslissen als ik erin slaag me drie maanden lang aan de regels van de echte wereld te houden.'

'Ga op het kantoor werken en doe je best behulpzaam te zijn. Meer hoef je niet te doen. Jij beslist.' Ze staat op, legt haar hand op mijn hoofd en maakt mijn haar door de war. 'En help me nu maar naar beneden,' zegt ze.

Als ze op de grond staat steek ik mijn hoofd door het valluik en roep: 'Aurora.'

'Ja?' Ze kijkt naar me op.

'Marcelo gaat op het kantoor werken.'

'Mooi,' zegt ze, 'mooi. Je vader wil dat je maandag begint.'

'Maandag is al over twee dagen.'

'Het is beter om er zo in te duiken en er niet te veel over na te denken. Ik zal Harry bellen om het te zeggen. Tenzij je liever zelf belt.'

'Bel vanavond maar. Hij zal tijd nodig hebben om een nieuwe stalknecht voor de zomer te zoeken.'

'Of stalmeisje,' zegt Aurora.

'Wie het ook wordt, die moet wel horen dat het alleen maar voor de zomer is.'

'Jij beslist,' zegt ze terwijl ze gedag zwaait. 'O. Ik moet je volgende week wel inschrijven op Oak Ridge. Maar dat betekent niet dat je er ook naartoe gaat. Ik heb het je vader beloofd. Ik wil dat je dat weet.'

'Je mag Marcelo inschrijven, maar het is zinloos. Hij gaat er in september niet naartoe.'

5

Ik zet de wekker uit na de eerste bliep. Ik heb maar een paar nachten in mijn leven niet aan één stuk door geslapen, maar de afgelopen nacht is er een van. Ik lag wakker maar onbeweeglijk in mijn slaapzak en luisterde naar de vreemde geluiden in mijn hoofd. De IM was anders. Hij was onsamenhangend, grillig, met onverwachte uithalen als bliksemschichten die tijdens onweer de donkere hemel verlichten.

Ik kon niet zoals anders een volledig dagprogramma opstellen omdat ik niet precies wist wanneer Arturo en ik zouden thuiskomen van het kantoor. Vanavond, als ik weet hoe laat de treinen hier aankomen, kan ik dat wel. Zonder een programma om me de dag door te helpen voel ik me gedesoriënteerd. Dit is het programma voor vanochtend, dat ik gisteravond heb opgesteld:

5.00 uur:	*wakker worden*
5.05 uur:	*terugdenken*
5.35 uur:	*Namu voeren*
5.40 uur:	*dumbbells*
6.00 uur:	*verder lezen in de psalmen*
6.30 uur:	*ontbijt (instant tarwepap, bruine suiker, banaan, sinaasappelsap)*
6.45 uur:	*douchen en aankleden*
7.00 uur:	*op Arturo wachten om naar het station te gaan*

Arturo zei tegen me dat we de trein van zeven uur vijfenveertig uit West Orchard zouden nemen, wat ongeveer twintig minuten rijden is als je de maximumsnelheid aanhoudt. Arturo zegt dat hij het in tien minuten doet, geen probleem.

Ik voer elke taak van het programma uit volgens de planning en om zeven uur zit ik in de schommelstoel in de woonkamer, met naast mijn voeten de rugzak met de spullen die ik wil meenemen naar het kantoor.

Ik hoor Aurora's voetstappen op de trap.

'Goeiemorgen,' zegt ze als ze mij ziet. 'Wat zie jij er keurig uit vandaag.'

Dat zegt ze elke ochtend, ook al heb ik bijna altijd hetzelfde aan: een wit buttondown shirt ('s zomers met korte mouwen, 's winters met lange mouwen), een blauwe katoenen broek ('s zomers) of een van ribfluweel ('s winters), zwarte sokken en zwarte sneakers.

'Aurora ziet er keurig uit,' zeg ik. Ze heeft haar witte verpleegstersbroek aan met een mintgroene blouse met gele smileys erop, witte kousen en witte schoenen met dikke witte rubberzolen.

'Ik heb je lunch voor je klaargemaakt.' Ze haalt een papieren zak uit de koelkast en geeft die aan mij. Ik maak mijn rode rugzak open en stop de zak erin. 'Dank je wel, moeder, dat je mijn lunch hebt klaargemaakt,' zegt ze om mij eraan te herinneren.

'Dank je wel, moeder, dat je mijn lunch hebt klaargemaakt,' zeg ik haar na.

Ze komt tegenover me op de bank zitten. 'Ben je zenuwachtig?'

'Ja,' antwoord ik zonder een moment te aarzelen.

'Dat is normaal, om zenuwachtig te zijn. Je weet niet wat je kunt verwachten. Maar morgen ben je al minder zenuwachtig en binnenkort wordt het routine om naar kantoor te gaan.'

Routine. Als ik dat woord hoor denk ik altijd aan een route die geen lange route is, maar een heel kleintje. Ik vraag me af of het door de verandering in al die kleine routes van mij komt dat ik zenuwachtig ben; of misschien ben ik nog steeds wrokkig omdat ik gedwongen word iets tegen mijn zin te doen.

'Vertel eens waar je aan denkt,' dringt Aurora aan. 'Zeg maar rustig wat je voelt, maakt niet uit wat het is.'

Ik draai mijn hoofd van haar weg. Ik zit te denken dat het niet alleen Arturo en Aurora zijn die tegen mijn gemoedsrust samenzweren. Na de nacht die ik net achter de rug heb en de geluiden die door mijn hoofd rommelden, lijkt het wel of God zelf het op me voorzien heeft.

'Nee,' zeg ik tegen Aurora. Ik zeg heel vaak nee tegen mensen die me vragen te vertellen wat ik denk.

'Oké. Nu ga ik even voor moeder spelen en een paar moederlijke dingen tegen je zeggen. Je moet goed uitkijken als je door de stad loopt. Alleen oversteken als het voetgangerslicht op groen staat, zoals we hebben geoefend.' Ze haalt een mobieltje uit haar zak. 'Ik wil dat je dit voortdurend bij je houdt. Ik heb de sneltoetsen geprogrammeerd voor mijn telefoon, voor die van je vader, van rabbijn Heschel en van Yolanda. Achterop heb ik een briefje geplakt wie onder welke toets zit. Hou je telefoon altijd aan. Ik zal hem even proberen om te zien of hij werkt.' Ze drukt op een toets en houdt de telefoon tegen haar oor. 'Hallo. Yoli? Met mij. Marcelo staat klaar om met zijn vader naar zijn werk te gaan. Wil je hem even gedag zeggen?' Ze geeft mij de telefoon. 'Het is Yolanda.'

'Hallo!' brul ik in het apparaat.

'Hoi, Mars. Klaar om naar je werk te gaan?' Ik hoor Yolanda's stem.

'Nee,' antwoord ik.

'Hoor eens, Mars. Trek je maar niets aan van die eikels op kantoor. Jij bent massa's slimmer dan zij. Hou de telefoon dicht tegen je oor, want ik wil niet dat ma het hoort.' Ik druk het mobieltje hard tegen mijn rechteroor. 'Goed naar me luisteren, Mars. Pa heeft mij ook eens een zomer bij hem op kantoor laten werken. Het is helemaal niet gek dat je ertegen opziet. Het is daar goed waardeloos. De meeste advocaten zijn klootzakken. Dat weet je al, je hebt de meesten wel eens ontmoet bij de zomerbarbecue die pa elk jaar thuis organiseert. Weet je nog, Stephen Holmes en zijn zoon, hoe heet-ie ook alweer, Wendell? Daar hebben we een keer mee getennist, weet je nog? Klootzakken, allebei, vader en zoon. Ben je er nog, Mars?'

'Ja.'

'Kan ma me horen?'

'Nee.'

'Mooi. Luister, Mars. Je overleeft het wel. Heb ik ook gedaan.

Doe maar net als die monniken over wie je zo graag leest, als ze het klooster in gaan: geef alle hoop op dat je het er ooit prettig zult vinden. Eén zomer, meer niet. Het is voorbij voor je het weet. Zolang je je maar door niemand op je kop laat zitten. Begrepen?'

'Ja.'

'Wat heb ik gezegd?'

'Dat ik me niet door die klootzakken op mijn kop moet laten zitten.'

'Wat? Geef hier!' roept Aurora. Ze graait de telefoon uit mijn hand. 'Wat zeg jij allemaal tegen je broer? Mooie hulp ben jij. Nee. Nee, niet waar. Niet allemaal tenminste. Oké, ik ga nu ophangen. Dag!'

Aurora zit te lachen als Arturo binnenkomt. 'Zullen we, makker,' zegt hij tegen mij.

'Jullie missen vast de trein,' zegt Aurora.

'Onzin!' Arturo schenkt koffie in een beker.

Ik kijk op mijn horloge. 'Het is zeven uur vijfentwintig,' meld ik.

'Vergeet je lunch niet,' zegt Aurora.

'Tot vanavond, Aurora,' zeg ik.

Zodra we buiten zijn blijft Arturo staan en draait me naar zich toe. Hij maakt het bovenste knoopje van mijn shirt los. 'Zo,' zegt hij. 'Het bovenste knoopje hoef je alleen dicht te doen als je een das om hebt.'

Namu wil met me meelopen. 'Nee, Namu. Namu moet thuisblijven,' zeg ik.

Ik wou dat Namu mee kon. Dan zou het me geen moeite kosten om over te steken. Ik weet nog wat Arturo zei toen ik een keer vroeg of ik Namu mocht meenemen naar het winkelcentrum. 'Je bent niet gehandicapt,' zei hij.

Ik laat me voorin in Arturo's sportwagen zakken. Ik schrik van de eerste knal van de motor. Arturo werpt een snelle blik op zijn horloge en rijdt dan in volle vaart de oprit af.

We staan nauwelijks geparkeerd of de trein rijdt binnen. Wij stappen als laatsten in, en we halen het alleen maar doordat de conducteur ons zag rennen en besloot op ons te wachten. Mijn witte shirt hangt uit mijn broek en ik probeer het er weer in te stoppen en tegelijkertijd het gangpad door te lopen, maar de trein slingert en ik grijp een vrouw bij haar schouder om niet te vallen.

'Sorry,' verontschuldigt Arturo zich namens mij.

Met een blik vol irritatie kijkt ze op.

Helemaal aan het uiteinde van de trein vinden we een lege zitplaats. 'Ik zei toch dat we het zouden halen.' Arturo is buiten adem.

'Het is meer relaxed om vroeger te zijn,' zeg ik.

'Dit is werk, makker. Relaxen is er voor jou niet meer bij.'

Nadat de conducteur ons geld heeft aangenomen haalt Arturo een krant uit zijn aktetas en vouwt die open op zijn schoot. Ik neem me voor de volgende dag een boek mee te nemen. Misschien kan ik lezen zonder duizelig te worden zoals wanneer ik in de auto probeer te lezen. Ik bedenk dat dit een goede gelegenheid is om de rozenkrans te bidden. Ik haal het bontgekleurde bidsnoer tevoorschijn dat ik van abba heb gekregen voor ze stierf, en begin met mijn mond geluidloos de woorden van het weesgegroet te vormen. Ik bid de rozenkrans altijd in het Spaans. Abba en ik baden hem altijd samen en zo is hij me bijgebleven.

Arturo vouwt zorgvuldig zijn krant op. 'We moeten even een paar dingen doornemen,' zegt hij.

Ik maak mijn weesgegroet af en kijk op.

'Hoe zal ik het zeggen? Je gaat nu deel uitmaken van het bedrijfsleven. Je weet dat ik niets tegen je belangstelling voor godsdienst heb. Ik wil graag dat je gelovig bent. We gaan al sinds je eerste communie elke zondag naar de mis, al langer zelfs. Ik laat je naar rabbijn Heschel gaan, ook al ben je niet joods maar katholiek. Ik ben er honderd procent voor dat je in godsdienst geïnteresseerd bent, heilige boeken leest, bidt of, zoals jij dat noemt, terugdenkt, dat je de rozenkrans bidt in het Spaans, allemaal prima. Dus ik wil niet dat je verkeerd begrijpt wat ik nu ga zeggen. Ik wil graag dat je gelovig bent maar tegelijkertijd wil ik graag dat je deelneemt aan het alledaagse leven in de werkwereld, mijn wereld, en nu ook de jouwe. En daarvoor zul je je aan een paar vaste gewoonten moeten houden. Mensen in de werkwereld zijn discreet wat betreft hun godsdienst. Ze bidden niet waar anderen bij zijn. Ze citeren niet uit de Schrift tenzij het om een uitdrukking gaat als, ik weet niet, "oog om oog, tand om tand", "de blinde leidt de blinde". Dat soort dingen. Zinnen die normaal taalgebruik zijn geworden.'

'Kan de ene blinde de andere blinde leiden?' zeg ik.

'Wat?'

'Jezus' exacte woorden waren: "Kan de ene blinde de andere blinde leiden? Vallen ze dan niet beiden in een kuil?" Lucas, hoofdstuk zes, vers negenendertig.'

'Dat bedoel ik nou net. Het is niet gebruikelijk tegen een ander uit de Schrift te citeren, laat staan met vermelding van de exacte plaats. Als je iets aan deze onderneming wilt hebben is het volgens mij belangrijk dat je probeert je te gedragen zoals gebruikelijk is.'

Ik pak het gele aantekenboekje dat ik altijd in mijn borstzak heb. Ik noteer: *Niet bidden als anderen M. kunnen zien. Niet uit de Schrift citeren. N.B. letten op religieuze zinsneden die een stijlfiguur zijn geworden. Die zijn toegestaan, zelfs indien niet juist. Niet met de juiste versie komen of vertellen waar het in de Bijbel staat.*

Arturo wacht tot ik uitgeschreven ben en gaat dan verder. 'In de buurt van het station staat een kerk. Ik zal je wijzen waar. Als je wilt kun je daar onderweg naar je werk langsgaan om de rozenkrans te bidden.'

De volgende vijf minuten zijn we stil. Omdat Arturo zijn krant niet openvouwt denk ik dat hij me van nog meer werkgewoonten op de hoogte wil brengen. Waren gewoonten maar logisch. Waren de regels maar zo simpel als: 'Niets doen wat anderen schaadt.'Als dat de enige regel was zou ik tenminste vijftig procent kans hebben het goed te doen. Dan zou ik me bijvoorbeeld afvragen of ik met zwijgend de rozenkrans bidden in de trein anderen zou schaden. Het antwoord zou nee zijn en dan zou ik hem bidden. Maar nu lijken de redenen waarom iets goed is en waarom niet willekeurig.

'Nu we toch bezig zijn is dit misschien een geschikt moment om een paar dingen over kantoor door te nemen.'

Ik had gelijk. Arturo wil me nog een paar dingen vertellen die ik wel of niet mag doen.

'Een advocatenkantoor is iets heel anders dan Paterson. Een advocatenkantoor is een concurrerende omgeving. Ik concurreer bijvoorbeeld met Stephen Holmes. Ik probeer meer zaken in te brengen dan hij en hij probeert er meer in te brengen dan ik. De partners concurreren met elkaar door allemaal zo hard en zo goed mogelijk te werken. Dat wil niet zeggen dat ze niet prettig met elkaar omgaan. Je kunt met iemand bevriend zijn en toch met hem concurreren. Rivaliteit is goed voor alle betrokkenen. Hoe harder Stephen werkt, hoe harder en beter ik werk. Hoe meer werk de partners doen, hoe beter het gaat met het hele kantoor. Toen Yolanda zich inschreef voor Yale moest ze met honderden anderen concurreren die er ook naartoe wilden. Ze werkte hard en werd toegelaten terwijl anderen daar niet in slaagden. Dat geldt straks ook voor jou als je je voor een studie inschrijft. Je zult moeten concurreren. Maar je moet ook *bereid* zijn te concurreren. Je mag niet bang zijn voor rivaliteit. Dat is een van de dingen die je deze zomer hopelijk leert.'

Ik pak mijn gele aantekenboekje weer en wil gaan schrijven als ik eraan denk te vragen: 'Met wie gaat Mar... ga ík op het kantoor concurreren?'

'Met iedereen. Ze zullen je op de proef stellen. Ze zullen willen weten of je het werk aankunt of dat je er alleen maar zit omdat je mijn zoon bent en ik de baas ben.'

Het begint me te duizelen. Harder dan wie moet ik dan werken, slimmer dan wie moet ik dan zijn?

Arturo gaat verder. 'Rivaliteit is een houding. Daardoor kun je begrijpen dat het motief achter iemands handelen misschien eigenbelang is en daar dienovereenkomstig op reageren.'

'Het is onmogelijk zekerheid te hebben over de motieven van anderen,' zeg ik.

'Precies. Daarom is het handig ervan uit te gaan dat de meeste mensen vooral aan zichzelf denken en anderen graag vliegen afvangen.'

Meteen zie ik een groep advocaten voor me die elkaar met vliegenmeppers achterna zitten. Arturo ziet zeker de wazige blik in mijn ogen, want hij zegt: 'Dat is een uitdrukking: iemand een vlieg afvangen. Dat betekent dat je een voordeeltje voor iemands neus wegkaapt.'

'De eersten zullen de laatsten zijn,' zeg ik. Ik vergeet dat ik niet uit de Schrift mag citeren.

'In de werkwereld zijn de eersten de eersten en blijven ze de eersten, en zijn de laatsten de laatsten en blijven dat ook.'

'Dat begrijp ik niet. Heb je een voorbeeld?'

'Ik zal je een waar gebeurd, recent voorbeeld geven. Een paar weken geleden had ik het er met Stephen Holmes over dat jij deze zomer op kantoor kwam werken. En dus zegt hij afgelopen vrijdag tegen mij: "O, dat is waar ook, Wendell komt ons van de zomer helpen met juridisch onderzoek." Ken je Wendell nog?'

'Ja. Yolanda zegt dat hij een klootzak is.' Ik heb er meteen spijt van dat ik het heb gezegd. Ik hoop dat ik Yolanda geen moeilijkheden bezorg.

Arturo lacht. 'Ze zou best gelijk kunnen hebben. Maar waar het om gaat: nadat Stephen had verteld dat Wendell op kantoor kwam werken, vroeg ik me af wat zijn motieven waren. Waarom laat hij zijn zoon de hele zomer juridisch werk doen? Wendell begint na de zomer zijn laatste jaar op Harvard. Hij kan elk baantje in de stad krijgen dat hij maar wil. En waarom maakte Stephen er zo'n punt van het op die manier te vertellen? "Misschien kan hij een keer met jouw zoon gaan lunchen," zei hij tegen me. En het antwoord is dat hij wilde dat ik en iedereen met mij weet dat mijn zoon...'

Ik wacht tot hij de zin afmaakt. Als mensen halverwege een zin stoppen, weet ik, dan komt dat doordat ze opeens beseffen dat ze beter niet kunnen zeggen wat ze eigenlijk wilden zeggen. Dan is die persoon begonnen iets te zeggen voordat hij zich realiseerde hoe zijn woorden op de luisteraar zouden overkomen. Daarom denk ik altijd veel meer dan ik hardop zeg en wek ik soms de indruk traag te zijn. Ik denk te veel na over wat ik hoor en wat ik ga zeggen, en dat is lastig als je een gesprek probeert te voeren. Natuurlijk glipt er weleens iets naar buiten. Zoals daarnet, toen ik Arturo vertelde wat Yolanda over Wendell had gezegd. *Hij wilde dat ik en iedereen met mij weet dat mijn zoon* – Ik neem me voor om later, als ik meer tijd heb om erover na te denken, te proberen Arturo's zin af te maken.

De trein mindert vaart en ik hoor het krijsende geluid van metaal dat tegen metaal schuurt. Intuïtief sla ik mijn handen voor mijn oren. Schelle geluiden vind ik pijnlijk. 'We zijn er,' zegt Arturo terwijl hij mijn handen van mijn oren wegtrekt. 'Wat ik eigenlijk wil zeggen is dat je eens wat minder wereldvreemd moet gaan worden. Een van de redenen dat ik wilde dat je bij me op kantoor kwam werken was dat je zo meer inzicht kunt krijgen in de motieven van mensen. Zo werkt dat, jongen. Elke dag als ik op mijn werk kom zeg ik tegen mezelf: ik ben een krijger en dit is een veldslag. Ik maak me op voor de strijd. Dat is ook beeldspraak. Daarmee bedoel ik dat ik besef dat ik bedacht moet zijn op de motieven van anderen en dat ik moet proberen de beste te zijn, net als in een oorlog, waar de een wint en de ander verliest. Het is belangrijk dat je die kant van het leven meemaakt.'

De echte wereld. Dat zeg ik tegen mezelf.

6

In het advocatenkantoor loop ik achter Arturo aan naar de postkamer. Er staat een vrouw voor een enorm kopieerapparaat. Ik weet dat het een kopieerapparaat is omdat ik een streep licht heen en weer zie gaan, net als bij het apparaat dat ze op Paterson hebben. Arturo zegt drie keer: 'Goeiemorgen', voor ze omkijkt. Meteen voel ik haar blik over me heen gaan, van top tot teen en terug, net als het licht in het kopieerapparaat. Als ik mezelf dwing haar in de ogen te kijken word ik getroffen door hun diepblauwe kleur. 'Azuur' is het woord dat in me opkomt. Een sliert zacht zwart haar valt voor haar gezicht. Ik sta klaar om haar een hand te geven maar ze komt niet naar ons toe lopen.

'Dit is Marcelo,' zegt Arturo. Dan klopt hij me op mijn rug en zegt tegen mij: 'Dit is Jasmine. Jasmine is deze zomer je baas. Je moet doen wat zij zegt. Kijk maar goed uit, want kleine jongetjes lust ze rauw.'

Dat zal ook wel een uitdrukking zijn, zeg ik tegen mezelf. Maar ik weet niet wat hij betekent.

Zodra Arturo weg is draait Jasmine zich weer om en gaat weer naar het kopieerapparaat staan turen. Misschien wordt ze gehypnotiseerd door dat licht, denk ik. Ik sta daar naar de ruimte te kijken die Arturo de postkamer noemt. Hij is groot en wordt van de rest van het kantoor gescheiden door een muur met zo'n balie als ze op het postkantoor hebben. Het kopieerapparaat waar Jasmine naar tuurt staat tegen de wand tegenover de deur waardoor we zijn binnengekomen. Er staan twee bureaus, allebei tegen een muur, zodat mensen die eraan zitten hun rug naar elkaar toe hebben. Ik besluit dat ik die opstelling prettig vind, aannemende dat ik aan een van die bureaus kom te zitten. Ik zou me heel ongemakkelijk voelen als er iemand anders tegenover me zat.

Het bureau naast het kopieerapparaat is van grijs metaal en kleiner dan het grote houten bureau dat naast de deur staat. Op het grote bureau staat een witte cd-speler met een koptelefoon eraan, en op de wand erboven hangt een foto van een met sneeuw bedekte bergtop. In de rest van de postkamer hangen overal metalen planken, van de vloer tot aan het plafond. Die metalen planken liggen vol grote bruine mappen. Ik zie dat er stalen wieltjes aan de metalen planken zitten en dat onder die wieltjes rails lopen waardoor de planken opzij kunnen schuiven zodat je bij de ruimte erachter kunt komen.

'Zet je rugzak daar maar neer,' zegt Jasmine. Ze kijkt even mijn kant op. Met haar linkerhand wijst ze naar het kleinste, metalen bureau naast het kopieerapparaat.

Ik doe de rugzak af en zet hem op het bureau. Dan sta ik daar, gebiologeerd door de vellen papier die het apparaat in een stel sleuven spuugt. Jasmine doet niets anders dan toekijken hoe de streep licht heen en weer gaat, heen en weer. Ik bedenk dat kopiëren iets is wat ik vermoedelijk graag zal doen.

Als het apparaat stopt grijpt Jasmine de stapels papier die zich in de sleuven hebben opgehoopt. 'Je mag wel gaan zitten als je wilt. Dat is jouw bureau.'

'Dank je wel,' zeg ik. Ik trek de zwarte stoel die eronder geschoven staat naar achteren. Net als de planken heeft de stoel stalen wieltjes. Ik ga zitten en meteen schuift de stoel met mij erop naar achteren.

'We zullen een rubberen mat halen zodat de stoel niet wegglijdt,' zegt Jasmine.

'Dank je wel.' Ik zie de rubbermat voor me die bij ons thuis in de badkuip ligt en vraag me af hoe dat dan werkt. Dan zie ik dat er op de muur voor me stukjes plakband zitten. Misschien had de vorige die hier heeft gewerkt daar foto's hangen. Misschien kan ik een foto van Namu meenemen om hier op te hangen. In de inspringende randen tussen de B-2-blokken van de muur staat met piepkleine lettertjes iets geschreven. Als ik ze goed bekijk lees ik de volgende woorden: 'Fuck off met je klotekantoor en iedereen die er werkt.'

Ik weet van Paterson dat 'fuck' een lelijk woord is dat geslachtsgemeenschap betekent, maar dat het ook vaak wordt gebruikt om woede of zelfs haat uit te drukken.

Ik kijk even om. Jasmine heeft alle stapeltjes papier verzameld en stopt ze nu in plastic hechtmappen. Dat doet ze aan het grote houten bureau dat achter me staat. Dat is zeker haar bureau. Ik ga weer recht zitten. Er staan nog meer dingen op de muur geschreven, maar ik besluit die niet te lezen. Ik ben benieuwd of degene die vóór mij aan dit bureau heeft gezeten ook gedwongen werd hier op kantoor te werken.

'Je vader zei dat je zelf een laptop had.' Dat zegt Jasmine achter me. Ik wil me omdraaien maar als ik dat doe schuif ik de halve kamer door.

'O,' zeg ik.

Jasmine loopt zonder een woord te zeggen de postkamer uit. Ik zit daar en weet niet wat ik nu moet doen. Na een paar minuten komt ze terug met een enorm vierkant van plastic dat ze voor mijn bureau laat vallen. Dus dat is de rubberen mat waarover ze het had.

'Ja,' zeg ik.

'Wat ja?' vraagt ze.

'Ja. Mijn vader heeft je juiste informatie gegeven. Ik heb zelf een laptop. Wil je hem zien?'

'Niet per se. Er zit een aansluiting onder je bureau die je kunt gebruiken. Als we terugkomen van de postronde zal ik je op de kantoorserver aansluiten.'

'Dank je wel.' Er komt een gevoel van opluchting over me. Met mijn laptop zal ik me minder verloren voelen. Als iemand iets zegt wat ik niet begrijp kan ik het opzoeken. Ik buk om de laptop uit mijn rugzak te halen. Ik leg hem op mijn bureau en klap hem open. Ik denk dat dit misschien wel een goed moment is om Jasmine alle bijzondere software te laten zien die ik heb.

'Ik ben er niet blij mee dat jij hier bent.'

Het duurt even voor ik snap dat Jasmine het tegen mij heeft. Ik kijk in haar richting. 'Ik begrijp het,' zeg ik. Ik vraag me af waar ik mijn handen moet laten. Als ik iets zeg wat ik niet meen word ik me altijd bewust van mijn handen.

'Dat begrijp je?'

Ik wil uitleggen dat ik begreep *wat* ze zei maar niet *waarom* ze het zei, maar het duurt te lang voor ik eruit ben hoe ik dat kan zeggen.

'Kom, dan doen we de postronde.' Ik loop met haar mee naar een hoek van de kamer. 'Dit is de postwagen. Je kunt toch lezen, hè?'

Ik zou wel eens willen weten waarom ze dat vraagt. Misschien is het een grapje of zo dat ik niet snap.

'Ja,' zeg ik.

'Als de post binnenkomt leg je die in de map met de naam van die persoon erop. De mappen liggen in geografische volgorde. Volgens de route langs de kamers, dus als je het kantoor rondgaat kun je gewoon steeds de volgende map pakken.'

Ik denk bij mezelf dat dat uitstekend bedacht is.

Ze vervolgt: 'Er zit altijd wel post bij die niet aan iemand persoonlijk geadresseerd is en dan moet je erachter zien te komen waar die naartoe moet. Veel ervan is junkmail. Als je er niet uit komt waar het heen moet, leg je het in deze doos. Dan kijk ik er later wel naar. Er wordt niets weggegooid zonder dat ik het eerst heb gezien, begrepen?'

Ditmaal begrijp ik het echt. 'Ja,' zeg ik zelfverzekerd.

'Vanochtend heb ik de post al gesorteerd. We doen vier vaste rondes: eentje meteen 's ochtends vroeg, die we nu gaan doen, dan om halftwaalf, halftwee en drie uur. Als er iets binnenkomt dat apart is afgeleverd of een spoedbestelling is, dan bezorgen we dat natuurlijk meteen. Jij brengt ook de kranten rond. Hoe laat was je van plan 's ochtends hier te zijn?'

Ik reken even snel in gedachten. Het kostte Arturo en mij twintig minuten om van South Station naar kantoor te lopen, maar we zijn drie straten omgelopen zodat Arturo me kon aanwijzen waar de kerk was. De trein kwam om acht uur twintig aan en als ik dan naar de kerk ga...

'Laat maar,' zegt Jasmine. 'Je doet het gewoon als je er bent. Dan wachten ze maar even op hun krant. Je komt toch wel elke dag, hè?'

'Elke dag,' zeg ik. Ik vraag me af of zaterdag en zondag daar ook bij horen. Arturo gaat op die dagen vaak naar zijn werk. Misschien verwacht hij dat van mij ook.

'Laten we maar eens gaan.' Zij duwt het wagentje vol groene mappen. Als we de postkamer uit zijn geeft ze me een vel papier. 'Hier heb je een plattegrond van het kantoor met de namen van alle advocaten en secretaresses, en waar ze allemaal zitten. Die moet je van buiten leren zodat je geen tijd verspilt met mensen zoeken. Zoals ik al zei, behalve de vaste rondes moet je speciale en spoedbestellingen bezorgen zodra ze binnenkomen. Alle post, bestellingen, pakjes en dergelijke komen eerst naar de postkamer. We registreren ze en daarna bezorgen we ze.' Ze wacht tot ik haar heb ingehaald en kijkt me aan. 'Als ik er niet ben kun jij de boel wel registreren, denk ik. Alles wat ze hier doen is dringend en alles moet gisteren klaar zijn.'

'Gisteren is al geweest.'

'Zeg dat maar tegen de advocaten die hier werken.'

We blijven staan bij de eerste kamer. Ervoor zit een vrouw aan een bureau. 'Hallo, Marcelo,' zegt de vrouw. 'Ken je me nog? Van de zomerbarbecue bij jullie thuis?'

Haar gezicht ken ik nog maar ik weet niet meer hoe ze heet. Moet ik haar vraag nu met ja of met nee beantwoorden? Ik besluit ja te zeggen omdat dat in elk geval gedeeltelijk klopt. Ik steek mijn hand uit. 'Prettig kennis te maken,' zeg ik. Ik heb het nog niet gezegd of ik bedenk dat dat niet de juiste opmerking is tegen iemand tegen wie je net hebt gezegd dat je haar nog kent.

'Prettig... opnieuw kennis te maken,' zegt de vrouw. 'Wauw, je bent nog knapper dan je vader.' Ze bekijkt me van top tot teen, net zoals Jasmine deed, maar anders dan Jasmine neemt zij er de tijd voor, vooral voor het middelste deel van mijn lichaam. 'Goeie genade! Eerst brengt meneer Holmes Wendell mee en nu dit. Hoe kan een meisje zich nu concentreren met al die jongemannen die hier rondlopen?'

‘Blijf bij hem uit de buurt,’ zegt Jasmine.

‘Niet zo egoïstisch,’ zegt de vrouw.

Jasmine begint het wagentje bij haar vandaan te rijden.

‘Ach, je bent alleen maar jaloers omdat jij zo schriel uitgevallen bent,’ zegt de vrouw.

Jasmine houdt het wagentje stil en kijkt haar aan. ‘Het is maar dat je het weet: ik ben niet jaloers maar ik benijd je wel. Want als wij allebei in een vliegtuig zitten dat boven zee vliegt en dat vliegtuig stort neer, dan heb ik niet dat natuurlijke drijfvermogen dat jij hebt.’

‘Mispunt!’ De vrouw lacht en doet alsof ze Jasmine een mep geeft.

We lopen verder. Drijfvermogen. Ik weet wat dat woord betekent, maar de context waarin het hier wordt gebruikt is me een raadsel. Ik haal onder het lopen het aantekenboekje uit mijn zak en schrijf op: *Wat is het verschil tussen jaloers zijn en iemand benijden?* Het onderscheid tussen die twee gemoedstoestanden is iets waar ik nooit goed uitkom.

Als ik klaar ben met schrijven zegt Jasmine: ‘Als ik jou was zou ik uit de buurt van de secretaresses blijven.’

‘Hoe kan ik de post bij hen bezorgen als ik uit hun buurt blijf?’

‘Ik bedoel dat je ze beter niet te vertrouwelijk tegen je kunt laten worden, vooral de wanhopige singles, zoals Martha daarnet.’

‘Waarom niet?’

‘Martha bijvoorbeeld zou niet aarzelen om je te bespringen.’

Ik zie een panter voor me die tussen de struiken zit en zijn kans afwacht om zijn prooi te bespringen. De snelheid waarmee ik nieuwe begrippen tegenkom maakt me draaierig.

‘Wat mankeert jou trouwens?’

‘Je moet duidelijk praten. Ik weet niet wat je met dat woord “bespringen” bedoelt. Het zou erg helpen als je wat letterlijker was.’

‘Letterlijker?’

‘Als je woorden gebruikte in hun belangrijkste letterlijke betekenis, niet in hun metaforische betekenis.’

'Dat deed ik ook. Martha zou letterlijk boven op je springen als ze de kans kreeg.'

'O.'

'Ik bedoelde: wat mankeert er aan jou, aan de manier waarop je denkt? Je vader zei dat je een of andere cognitieve stoornis had.'

'Zei hij dat?' Het verbaast me te horen dat Arturo het zo over me heeft. Hij houdt altijd vol dat er niets mis is met mij. De term 'cognitieve stoornis' houdt in dat er iets verkeerd is aan de manier waarop ik denk of waarop ik de werkelijkheid waarneem. Ik neem de werkelijkheid prima waar. Soms neem ik meer werkelijkheid waar dan anderen.

'Ik ben er vrij zeker van dat dat zijn woorden waren.'

'"Cognitieve stoornis" is geen nauwkeurige beschrijving van wat er in Marcelo's hoofd plaatsvindt. "Extreme neiging tot cognitieve ordelijkheid" lijkt meer op wat er plaatsvindt.'

'O ja? Ik hou zelf ook wel van extreme ordelijkheid. Is dat een ziekte?'

'Als het je belet in de samenleving te functioneren zoals een normaal mens wordt geacht te functioneren, dan noemt onze samenleving dat een ziekte.'

'Maar ja, de samenleving heeft niet altijd gelijk, hè?'

Ik geef geen antwoord omdat ik nog steeds denk aan mijn vaders beschrijving van mijn aandoening. Hij heeft me geleerd de etiketten die anderen op me willen plakken altijd in twijfel te trekken. Ik aarzel even en dan zeg ik: 'Vanuit medisch standpunt wordt mijn aandoening het best beschreven met het Aspergersyndroom. Maar ik vertoon niet veel van de kenmerken die andere mensen met het Aspergersyndroom vertonen en daarom klopt die omschrijving niet helemaal.'

'Zoals? Wat voor kenmerken?'

Dit is een gespreksonderwerp waar ik verstand van heb maar waar ik niet erg dol op ben. Uitleg over mijn aandoening gaat uit van de veronderstelling dat er iets mankeert aan hoe ik ben, en op Paterson heb ik in de loop der jaren gemerkt dat het me geen goed doet mezelf of mijn medeleerlingen zo te zien. Ik zie mezelf als anders dan anderen in de manier waarop ik denk, praat en doe, maar niet als iemand die abnormaal of ziek is. Maar hoe kan ik mensen dat andere uitleggen? Het is gemakkelijker om te zeggen dat mijn manier van anders-zijn het meest lijkt op AS. Mensen vinden het prettiger om er een wetenschappelijk klinkende naam voor te hebben. Maar eigenlijk voel ik me oneerlijk als ik zeg dat ik AS heb, omdat de negatieve gevolgen van mijn anders-zijn op mijn leven zo licht zijn vergeleken met mensen die AS of een andere vorm van autisme hebben en er echt onder lijden. Ik heb altijd het gevoel dat ik de mensen met die aandoeningen een slechte dienst bewijs als ik de medische term gebruik, want dan is de reactie: 'O, dat valt dus nogal mee. Waarom wordt daar dan zo'n drukte over gemaakt?'

Met tegenzin probeer ik Jasmines vraag te beantwoorden. 'De belangrijkste kenmerken van AS, zoals het Aspergersyndroom kortweg wordt genoemd, doen zich voor op het gebied van communicatie en sociale interactie en er is gewoonlijk sprake van diepgaande interesse voor een bepaald onderwerp. Op die gebieden is iemand met AS anders dan de meeste mensen.'

'O ja?'

Ik haal mijn handen uit mijn zakken en doe het bovenste knoopje van mijn shirt weer dicht. We staan midden in de gang en mensen die net het kantoor in komen, lopen langs ons heen. Enkelen zeggen goedemorgen tegen Jasmine, maar Jasmine is te verdiept in wat ik zeg om terug te groeten. 'Ja, in het algemeen wel,' zeg ik tegen haar.

'Dat geldt voor zo ongeveer elke man met wie ik ooit uit ben geweest.'

'Ja.' Ik neem aan dat dat een poging tot humor is van haar kant en dus probeer ik te lachen, maar die lach klinkt meer als gekuch.

'En wat is het onderwerp van jouw diepgaande interesse?'

Ik steek mijn handen weer in mijn zak en bal mijn vuisten. Op dit punt wordt het altijd lastig. Ik zie soms een soort glazen wand tussen mij en anderen neerdalen zodra ik hierover begin. Daarom aarzel ik en overweeg ik hoe open ik tegen Jasmine moet zijn. Dan zeg ik: ‘Er zijn mensen die liever het woord “obsessief” gebruiken dan “diepgaand”. Maar obsessieve interesse is niet de juiste uitdrukking. Die impliceert iets als dwangmatig handelen of niet in staat zijn die steeds terugkerende gedachten en gedragingen los te laten. Op Paterson – dat is de school waar ik op zit – spreken we liever van “bijzondere of diepgaande interesse” voor iets. Iets waar die persoon graag aan denkt omdat hij er plezier of zelfs vreugde aan beleeft. Het neemt zozeer de aandacht van de persoon met AS in beslag dat hij aan niets anders kan denken, omdat het belangrijker en leuker is dan alle andere dingen. Als mensen met AS ergens bijzondere interesse voor hebben worden ze een expert op dat gebied.’

‘Zoals dienstregelingen van treinen of heel snel uit je hoofd getallen optellen.’

‘Dat zijn voorbeelden waar veel mensen meteen aan denken. Maar dienstregelingen uit je hoofd leren of goed zijn met getallen is een beetje een karikatuur. Veel mensen met AS hebben bijzondere interesse voor iets wat gecompliceerd denkwerk en begrip vergt.’

‘Maar waar heb jij nou zo’n belangstelling voor?’

Ik wou dat ik een glas water had. Ik heb totaal geen speeksel meer in mijn mond. Ik kuch weer. ‘Ik heb bijzondere interesse voor God.’

‘Wat?’

‘Godsdienst. Wat de mensheid ervaart en zegt en denkt over God. Daar lees en denk ik graag over.’

‘Serieus?’

‘Ik weet niet of dat serieus is of niet. Het is gewoon zo.’

Ze duwt het wagentje weer verder, maar nu heel langzaam. Ik denk: nu denkt ze dat ik gestoord ben. En ik wil hier toch al niet zijn. Op Paterson is er niemand die me raar aankijkt of ontloopt omdat ik in godsdienst geïnteresseerd ben. Ik moet eraan denken nooit over iets godsdienstigs te praten terwijl ik hier ben. Daar worden mensen bang van. Dan bedenk ik nog iets om te zeggen: ‘Daar heb ik bijzondere interesse voor. Maar ik luister ook heel graag naar muziek. Ik heb thuis honderden cd's.' Om de een of andere reden wordt dat nooit als iets abnormaals beschouwd.

Ze houdt het wagentje stil en vraagt: 'Wat voor muziek?'

'Het heet klassieke muziek. Het liefst Bach. Mijn lievelingsinstrument is de piano. En daarna de viool. Van solostukken voor piano of viool hou ik het meest. Dat is omdat ik bij solostukken de verschillende noten en de verschillende combinaties van noten kan onderscheiden. Dat vind ik heel fijn.'

'Echt waar?' Ze heeft haar mond een stukje open, alsof ze nog nooit iemand zo heeft horen praten. Ik denk dat ik misschien een beetje te ver ben gegaan in mijn beschrijving van mijn tweede interessegebied.

'Ja.'

Ik ben blij als ik haar eindelijk zie glimlachen.

'Ik hou ook van paarden, vooral van haflinger pony's.'

'Echt waar?' Ze spert haar ogen open, wat betekent dat ze verbaasd is.

'Ja. Echt waar. Eigenlijk had ik deze zomer op Paterson zullen gaan werken, ik zou voor de vijftien pony's gaan zorgen die ze daar hebben.' Het dringt tot me door dat ik door Jasmine over de pony's te vertellen vlak nadat ik het over godsdienst en klassieke muziek heb gehad, eigenlijk zeg dat de pony's ook iets zijn waarvoor ik bijzondere interesse heb, al heb ik ze zelf nog nooit in die categorie geplaatst. Bijzondere interesse is iets wat je hele hoofd vult met nieuwsgierigheid om alles te weten wat er te weten valt. Dat gevoel heb ik bij de IM of de pony's nog nooit gehad. De IM is de IM en de pony's zijn de pony's. Meer niet. Ik besteed er graag zoveel mogelijk tijd aan, maar ik hoef niet per se alles te weten wat erover te weten valt.

We lopen weer door. Nadat we het volgende pak brieven hebben afgeleverd zegt ze: 'Wil je weten waarom ik er niet blij mee ben dat jij hier bent?'

'Ja.'

'Tot drie maanden geleden had ik een assistent. Hij heette Ron.

Om een lang verhaal kort te maken, ik moest Ron ontslaan. Maar zo lui als hij was, hij hielp me wel, en toen we hem ontsloegen beloofde je vader dat ik hem zou mogen vervangen. Ik vond een meisje, Belinda, dat hier een zomer had gewerkt toen ze nog op school zat, en daar was ik dolblij mee want ze was geweldig. Ga ik te snel voor je?'

'Dat geeft niet.' Eigenlijk praat ze sneller dan me lief is. Er zijn woorden en uitdrukkingen die me ontgaan. Maar een van de dingen die ik op Paterson heb geleerd is mensen te laten doorpraten, ook al begrijp ik niet elk woord dat ik hoor. Gaandeweg wordt wel duidelijk wat ze bedoelen. Ik heb jaren nodig gehad om mijn hersenen te trainen niet stil te staan bij de betekenis van elk afzonderlijk woord dat er binnenkomt.

Ze gaat door: 'Dus ik sta op het punt Belinda aan te nemen en dan zegt je vader dat ik moet wachten omdat hij wil dat jij hier deze zomer komt werken.'

'Ik begrijp het.'

'Nou weet je het.'

'Ik kan me heel goed concentreren. Als Jasmine laat zien hoe ik iets moet doen leer ik het wel.'

We komen aan het eind van de gang. Achter een glazen scheidingswand zit een vrouw aan een bureau dat groter en op de een of andere manier chiquer is dan de bureaus van de andere secretaresses. De vrouw zit in een spiegeltje te kijken terwijl ze lippenstift aanbrengt, in een kleur die ik nog nooit heb gezien. Misschien is dit wat met het woord 'karmijnrood' wordt bedoeld, denk ik.

'Dit is Juliet,' zegt Jasmine tegen mij. 'De secretaresse van Holmesy.'

'Meneer Holmes,' verbetert de vrouw haar.

'Mij best,' zegt Jasmine.

'Dus jij bent de nieuwe postjongen,' zegt Juliet. Ze drukt haar lippen stevig op elkaar. 'Meneer Holmes zei al dat je vandaag begon. Hij wil je spreken, dus ik bel je wel als hij even tijd heeft.'

'Waarom?' vraagt Jasmine. 'Wat moet Holmesy van hem?'

'Ik geloof niet dat dat jou iets aangaat,' zegt Juliet.

'Hij werkt voor mij,' zegt Jasmine.

'En jij werkt voor meneer Holmes.'

'Mooi niet, lieve meid. Ik val rechtstreeks onder de baas, zijn vader.'

'Dat zal best.' Bij die woorden krult Juliets mond bij de hoeken omhoog. Dan zegt ze met een blik naar mij: 'Ik bel wel als meneer Holmes tijd voor je heeft. Ik neem aan dat hij hetzelfde telefoonnummer heeft als dat crimineeltje dat eerst voor je werkte?'

Jasmine buigt zich over Juliets bureau en steekt haar wijsvinger in haar richting. 'Nou moet je eens goed naar me luisteren. Ik zeg tegen jou precies wat ik tegen Holmesy ga zeggen als ik hem zie. Hij gaat geen werk doen dat de taak is van zijn secretaresse of executive troela of wat voor titel je ook hebt. Hij gaat niet archiveren of kopiëren of andere klusjes doen die *jij* kunt doen. En Wendells loopjongen wordt hij ook niet. Alle werkverzoeken van jou of Holmesy of Wendell gaan via mij. Als Holmesy werk te doen heeft dat jouw intellectuele capaciteiten te boven gaat, dan kan hij Wendell vragen het te doen.' Jasmine wijst naar de kamer recht tegenover Juliet.

Als ik snel even naar Juliet kijk zie ik haar neusgaten wijd opengaan. Dan zegt ze tegen Jasmine: 'Oliver Wendell helpt zijn vader met de zaak Vidromek. Hij zit hier niet om imbecielenwerk te doen.' Bij die laatste woorden kijkt ze naar mij.

Jasmine kijkt me aan en zegt: 'Kom mee, voor ik mijn zelfbeheersing verlies en iets doe waarvoor ik in de gevangenis beland.'

'Het was me een genoegen je te ontmoeten,' zegt Juliet. Maar als ik haar aankijk zie ik niets op haar gezicht wat aan genoegen doet denken.

Als we in de gang zijn blaast Jasmine luidruchtig haar adem uit. 'Dat mens is een bitch van de bovenste plank. En dat bedoel ik buitengewoon letterlijk. Hoor eens, als zij of Holmes of die kleuter Wendell jou vraagt iets te doen, maakt niet uit wat, dan vertel je dat meteen aan mij. Begrepen?'

'Ja. Ik ken Wendell. Hij is geen kleuter. Hij is ongeveer drie jaar ouder dan ik.'

'Ja, oké. Hij heeft de emotionele rijpheid van een achtjarige.'

'Ik heb een keer met hem getennist. Niet echt tennis. Hij sloeg de bal naar mij en ik sloeg hem terug.' Ik wil al vertellen wat Yolanda vanochtend tegen me zei maar ik houd het nog net op tijd binnen. In plaats daarvan zeg ik: 'Hij zit op Harvard.'

'Ja ja! En hij denkt dat hij de droom van alle vrouwen is. Het enige goede aan zijn aanwezigheid hier deze zomer is dat het zo leuk is hem ongelukkig te zien. Hij vindt het vreselijk om hier te zitten terwijl hij ergens op een zeiljacht zou kunnen varen of zo, maar hij moet van zijn vader. God mag weten waarom.'

'God weet waarom,' zeg ik. Ik vraag me af of op je werk over God beginnen ook iets is wat niet hoort, net als bidden of uit de Schrift citeren. Jasmine schijnt het in elk geval niet erg te vinden.

'Maar goed,' zegt ze, 'daarom zei ik tegen je dat ik er niet blij mee was dat jij hier werkte.'

Het duurt even voor ik weer weet waar we het over hadden voor we bij Juliet kwamen.

'Ik heb er alleen maar mee ingestemd dat jij voor me kwam werken, dat kun je net zo goed weten, omdat je vader me tweeduizend per maand extra betaalt en ik het geld nodig heb. Maar ik zou nog steeds liever Belinda hebben, tweeduizend of geen tweeduizend. Dat je het maar weet.'

'Ik begrijp het,' zeg ik weer.

'De eerste postronde is makkelijk omdat er dan nog niet zo veel advocaten zijn. Die komen pas rond negen uur en werken tot laat in de avond door. Dat is de bedrijfscultuur hier.'

'Ik ben er ook niet blij mee dat ik hier werk.' Ik hoor die woorden uit me komen en weet niet zeker of ik het ben die ze zegt. 'Ik zou liever op Paterson werken en voor de pony's zorgen.'

Jasmine kijkt me een hele poos aandachtig aan en knikt dan alsof ze het ermee eens is. Ze opent de deur naar de postkamer en rijdt het wagentje naar binnen. 'Deze deur moet je altijd op slot doen als je hier weggaat terwijl ik er niet ben. Ik zal je een sleutel geven. Behalve jij en ik komt hier niemand binnen. Als iemand een dossier moet hebben wacht hij aan die kant van de balie terwijl wij het pakken. Ik zal je laten zien hoe het archief in elkaar zit. Vroeger kwamen ze hier binnen om zelf dossiers te pakken maar toen raakte er een kwijt en werd het kantoor vervolgd wegens nalatigheid. Sindsdien mag hier niemand meer komen, zelfs de schoonmakers niet. Aan het eind van de dag zetten we de prullenbakken buiten voor de deur. Oké?'

'Ja.'

'Laten we nu die laptop van je maar eens aansluiten.'

7

Jasmine sluit mijn laptop aan op het systeem van het kantoor en nu kan ik dus e-mail krijgen van alle advocaten en personeel. Zodra ze de postkamer uit loopt besluit ik de term 'cognitieve stoornis' op te zoeken op internet. Ik heb Arturo nog nooit die woorden of iets wat erop lijkt horen gebruiken en ik wil heel graag weten wat hij ermee bedoeld kan hebben. Het is uitgesloten dat Arturo denkt dat ik een cognitieve stoornis heb. Er zijn zo veel ernstige geestesziekten die als cognitieve stoornis worden betiteld: dementie, schizofrenie, paranoia, hallucinaties (visuele en auditieve). Ik kom tot de conclusie dat Arturo een algemene term heeft gebruikt om een werkelijkheid te beschrijven die lastig uit te leggen is. Dat is de enige verklaring die ergens op slaat. Zou Arturo willen dat ik op het advocatenkantoor werkte of naar een gewone high school ging of ging studeren als hij vond dat ik buiten de werkelijkheid stond? Zolang ik leef verzet hij zich al tegen alles wat onderscheid maakt tussen mij en normaal.

Ik hoor de telefoon op mijn bureau gaan. Hij rinkelt luid, luider dan elke telefoon die ik ooit heb gehoord en waarom weet ik niet, maar het rinkelen klinkt alsof het woede overbrengt.

'Hallo,' zeg ik.

Ik hoor een vrouwenstem: 'Meneer Holmes heeft nu tijd voor je.'

'Nu,' herhaal ik.

'Ja. Nu. Oftewel onmiddellijk. Hij heeft maar een paar minuten voor zijn afspraak van elf uur. Als je meteen hier kunt komen zou dat heel mooi zijn.'

'Oké.' Ik sta op. Ik weet niet zeker of ik in mijn eentje de kamer van Stephen Holmes kan vinden. Dan hoor ik Jasmines stem. Ze zat al die tijd aan haar bureau en dat had ik niet door.

'Laat me raden. Je bent bij Holmes ontboden.'

'Nu. Hij wil me nu spreken.'

'Bij Holmesy moet het altijd nu.'

Ik sta me daar een moment of wat verlegen te voelen.

'Wat?' vraagt ze.

'Ik weet niet meer hoe ik bij zijn kamer moet komen.' Ze staat op en wenkt dat ik moet meekomen. 'Zodra ik terug ben zal ik uit mijn hoofd leren waar iedereen zit. Dat wilde ik doen zodra we terug waren van de postronde, maar toen zocht ik iets op en liet ik me daardoor afleiden.'

Het lijkt Jasmine niet te ergeren dat ze me naar de kamer van Stephen Holmes moet brengen. Zo te zien wordt ze in beslag genomen door haar eigen gedachten. 'Ik zou maar proberen Holmesy te vriend te houden. Hij vindt het fijn als je enthousiast doet over zijn kamer en onder de indruk lijkt van elk woord dat uit zijn mond komt. Oké, daar is het. Als je klaar bent, of liever gezegd: als Holmesy klaar is met jou, ga je als je zijn kamer uit komt naar links en dan weer naar links en dan ben je weer bij de postkamer. Links en weer links. Oké?'

'Links en weer links,' zeg ik haar na.

Dan draait ze zich om en loopt weg. Ik sta voor Juliet, die snel op haar toetsenbord zit te tikken. 'Loop maar door,' zegt ze zonder op te kijken.

Als ik binnenkom zie ik Stephen Holmes achter een groot glazen bureau zitten. Alles in zijn kamer lijkt van glas en uitermate breekbaar. Stephen Holmes bedekt het mondstuk van de telefoon met zijn hand en zegt: 'Ga zitten, Gump. Ik ben zo klaar.'

Eerst denk ik dat er iemand is binnengekomen die Gump heet, maar dan weet ik weer dat Stephen Holmes mij Gump noemt sinds ik bij die barbecue met Wendell tennisballen heen en weer sloeg. 'Jouw zoon is een regelrechte Forrest Gump,' zei hij tegen Arturo toen Wendell en ik uitgetennist waren.

'Wat wil je daar precies mee zeggen?' vroeg Arturo. Ik weet nog dat iedereen op het terras ineens ophield met praten.

'Je weet wel,' zei Stephen Holmes, 'net als Forrest Gump in die film, met dat pingpong.'

Ik weet nog dat Aurora Arturo met een ruk terugtrok in zijn stoel. Ik weet ook nog dat Stephen Holmes en Arturo later die avond met zijn tweeën onder het boomhuis stonden terwijl ze niet wisten dat ik daarboven zat. Arturo vertelde dat het boomhuis volledig uitgerust was met elektriciteit en zo en dat Yolanda's klasgenoten het ontworpen en gebouwd hadden. Toen zei hij: 'Tussen haakjes, waag het niet mijn zoon nog eens uit te schelden.' Zoals zijn stem klonk, zo had ik nog nooit een stem horen klinken. Ik hoorde Stephen Holmes grinniken en toen zei hij: 'Niet zo lichtgeraakt, Art.'

De volgende dag vroeg ik aan Yolanda waarom Stephen Holmes me Gump had genoemd, en we huurden de film *Forrest Gump*. Toen ik dat stuk zag waarin hij pingpongkampioen wordt, begreep ik waarom Stephen Holmes mij Gump had genoemd. Wat ik niet begreep en nog steeds niet begrijp is waarom Arturo daar zo kwaad om werd. De hoofdpersoon van de film is een heel goed mens.

Stephen Holmes hangt op en meteen legt hij zijn voeten boven op zijn glazen bureau. Verder ligt er niets, behalve de telefoon en een zilveren pen.

'Ga zitten, Gump, ga zitten.'

'Ik heet geen Gump,' zeg ik. 'Ik heet Marcelo Sandoval.'

'Zo is dat. Ga zitten, meneer Marcelo Sandoval.'

Stephen Holmes spreekt mijn naam uit als Mar*tsj*elo in plaats van Mar*s*elo, zoals het hoort.

'Hoe staat het met je tennisspel?'

'Ik speel niet echt tennis,' zeg ik terwijl ik op het randje van een zwarte stoel ga zitten.

'Onzin. Je bent een regelrechte Pancho Gonzales. Hé, je weet dat Wendell hier ook werkt deze zomer, hij helpt me met een proces. Jullie moeten maar eens samen naar de club gaan voor een potje squash.'

'Yolanda heeft me geleerd de bal naar haar terug te slaan zodat zij kon oefenen. Ik kan de bal terugslaan als hij dichtbij komt. Als hij niet recht naar me toe wordt geslagen kom ik er meestal niet bij.'

'Dan zul je het met squashen wel goed doen. Daarbij hoef je niet zo achter de bal aan te rennen als bij tennis.'

'Ik ben niet goed in wedstrijdsport. Het is moeilijk voor Marcelo om snel te bewegen. Daarvoor denk ik meestal te veel na.'

'Dat doet me eraan denken waarover ik je wilde spreken. Ik zou het prettig vinden als je Wendell hielp met de voorbereidingen voor dat proces waar hij mee bezig is. Hij is een intelligente knul maar niet zo goed in de afhandeling van de details. Je weet wel: ordenen, archiveren. En er liggen karrenvrachten kopieerwerk.'

'Jasmine heeft gezegd dat ik eerst bij haar moest checken voor ik iets voor u of voor Wendell deed.'

'Jasmine, Jasmine. Wat je vader in haar ziet gaat mijn begrip te boven.'

Plotseling gloeit mijn hele hoofd. Ook al begrijp ik hem niet helemaal, ik voel dat Stephen Holmes Arturo aanvalt, en als er iets is waar ik altijd kwaad van word is dat het. Zonder erbij na te denken zeg ik: 'Jasmine moet een goede werknemer zijn als Arturo haar waardeert.' Het kan me niet schelen als wat ik zeg of hoe ik het zeg onbeleefd klinkt.

Stephen Holmes grinnikt. Hoewel, wat Stephen Holmes met zijn mond doet kan beter worden omschreven als grijnzen. 'Ze moet in elk geval érgens goed in zijn als je vader haar waardeert.' Hij grijnst weer. 'Kijk maar eens of je erachter kunt komen waarom je vader Jasmine in de buurt houdt. Dat zou een goed project voor je zijn deze zomer. Hoe dan ook, maak je maar niet druk om Jasmine. Ik regel het wel met haar.'

'Marcelo maakt zich niet druk.' Ik ben nog steeds kwaad, maar de woede is aan het wegzakken. Ik haal heel diep adem, zoals ik op Paterson heb geleerd.

'Dat weet ik, dat Marcelo dat niet doet.' Holmes lacht. 'Ik wou dat ik me nergens druk om maakte. Wat moet het fijn zijn om zo'n simpel, ongecompliceerd brein te hebben.'

'Dat kunt u ook hebben als u wilt.'

'O ja?'

'Het is niet moeilijk om de denkprocessen van het brein te vereenvoudigen. Je hoeft alleen maar te voorkomen dat ongewenste gedachten opkomen.'

'Zou het?'

'Ik heb gemerkt dat dat het beste gaat door een passage uit de Schrift uit je hoofd te leren en telkens als je een ongewenste gedachte wilt tegenhouden daaraan te denken.' Ik vraag me af of dat iets is wat ik niet had moeten zeggen. Ik moet aan Arturo's regel denken dat je op je werk nooit over godsdienstkwesties moet praten.

Stephen Holmes haalt zijn voeten van het bureau en zet ze allebei precies tegelijk op het rode kleed eronder. Ik voel dat hij me opneemt. Ik ben nooit op mijn gemak bij hem. 'Misschien kunnen we eens gaan lunchen en dan kun jij me precies vertellen hoe je dat doet. Ik ben bang dat ik een telefonische vergadering heb die al tien minuten bezig is. Ik zal Wendell zeggen dat hij je een keer mee uit lunchen neemt. Dan kan hij jou leren decaderen en kun jij hem leren concentreren. Hé, dat is een goeie, al zeg ik het zelf.'

Ik blijf zitten en zoek in het archief in mijn hoofd naar de betekenis van decaderen.

'Oké, Gump. Jij kunt terug naar de postkamer en de bescherming van je vaders protegee. Hoe gaat het trouwens met Yolanda? Heeft ze het naar haar zin op Yale?'

Yolanda klaagt voortdurend dat haar studie zo moeilijk is en daarom weet ik niet goed wat ik moet antwoorden. Ten slotte besluit ik ja te zeggen, ook al is dat niet honderd procent waar.

'Wat studeert ze? Wil ze verpleegkundige worden, net als je moeder?'

'Yolanda wil het menselijk brein bestuderen. Ze heeft een baan als onderzoeksassistent in een ziekenhuis in New York.'

'Wel, wel, wel. Echt waar? Dat is interessant. Goed, wegwezen jij. Ik zal Wendell zeggen dat hij je eens meeneemt naar de club om te squashen.'

Zodra ik Stephen Holmes' kamer uit ben noteer ik het woord 'squash' in mijn gele aantekenboekje. Ik begrijp dat het de naam is van een sport die op tennis lijkt, maar ik snap niet waarom ze die een naam geven die klinkt alsof je op een rotte tomaat trapt.

'Martsjelo! Hé, Martsjelo!' Eerst denk ik dat Stephen Holmes me roept vanuit zijn kamer, maar dan zie ik dat het uit de kamer recht ertegenover komt. Ik loop naar de deuropening en zie Wendell achter een stapel dozen zitten. Hij ziet eruit als een jongere, slonzigere versie van Stephen Holmes.

'Mijn naam wordt uitgesproken als Mar-se-lo,' zeg ik. Ik denk aan het lelijke woord dat Yolanda gebruikte toen ze het over Stephen Holmes en zijn zoon Wendell had.

'Natuurlijk. Ga zitten, Marcelo, kom even zitten.'

'Ik moet Jasmine gaan helpen. Ze gaat me voordoen hoe je het kopieerapparaat gebruikt,' zeg ik nog steeds staand.

'Even maar.' Wendell komt achter de dozen vandaan en haalt een papieren zak van de stoel waarop ik van hem moet gaan zitten. 'Mijn hersenen hebben even pauze nodig van deze flauwekul.'

Ik ga zitten en leg mijn handen op mijn benen. Ik wil iets zeggen tegen Wendell, die lijkt te wachten tot ik het gesprek begin, maar ik kan niets verzinnen. Ondanks uren oefenen op Paterson vormt 'een praatje maken' nog steeds een enorm probleem voor me. 'Je speelt squash,' bedenk ik ten slotte. Alleen merk ik dat ik de zin niet als vraag uitspreek.

'Zo te horen heb je mijn ouweheer gesproken.'

'Jouw vader is niet oud,' zeg ik.

'Ik zal hem vertellen dat je dat hebt gezegd. Daar zal hij blij mee zijn.'

'Het is fijn om blij te zijn.' Ik denk aan Jasmine. Jasmine is er niet blij mee dat ik op het kantoor werk. En ik ook niet. De inspanning die het kost beleefd te converseren zuigt alle blijheid uit me weg.

'Over blij gesproken, ik zou blij zijn als ik mijn dagen met Jasmine in één kamer mocht doorbrengen. Wat een stuk, hè?'

'Een stuk.' Hoe komt het dat ik een woord altijd herhaal als ik niet begrijp hoe het gebruikt wordt?

‘Merk jij zulke dingen op, Marcelo? Je weet wel, als een vrouw een stuk is, een lust voor het oog, aantrekkelijk? Voel jij dezelfde aandrift als wij allemaal bij het zien van een mooi vrouwenlichaam?’

‘Nee.’ Ik denk dat het antwoord op die vraag nee is. Ik neem aan dat Wendell het over seksuele aantrekkingskracht heeft.

‘Geintje toch, hè?’

‘Nee.’

‘Dat is onmogelijk. Voel je dan iets voor mannen?’

‘Nee.’

‘Misschien is je testosteron nog niet op gang gekomen. Als dat zo is zal het wel niet lang meer duren. De mannelijke behoefte ons zaad te zaaien waar, wanneer en zo vaak we maar kunnen – misschien is die bij jou nog niet ontwaakt. Je bent, wat, achttien?’

‘Ik ben op zesentwintig maart zeventien geworden.’

‘Dan zijn de adolescentiehormonen allang aan het rondstromen. Ik hoef je maar aan te kijken om dat te zien. Moet je zien, je bent bijna even lang als ik en ik ben een meter tachtig. Je hebt de baard in de keel. Je scheert je ook al, hè?’

‘Ja.’

‘Je bent massief gebouwd. Moet je die biceps zien.’

Wendell grijpt mijn arm beet en knijpt erin. Ik probeer hem los te trekken. Ik vind het niet prettig als mensen me aanraken zonder me eerst te waarschuwen. Ik hoop dat ik Wendell niet beledigd heb. ‘Ik til elke dag gewichten.’

Hij reageert niet op mijn uitspraak maar keert terug naar zijn oorspronkelijke gespreksonderwerp. ‘Je bedoelt dat het jou niets uitmaakt of je naar Jasmine kijkt of naar mij.’

‘Jasmine en jij zijn allebei mensen.’

‘Maar met een heel ander soort lichaam.’

‘Jullie zijn allebei mensen. Jullie zijn in wezen hetzelfde.’

‘Doordenkertje, Marcelo. Echt een doordenkertje. Als je er echt zo over denkt en me niet voor de gek probeert te houden of zo, dan neem ik mijn petje voor je af, denk ik. Maar ik weet het nog zo net niet. Ik geloof niet dat je helemaal eerlijk tegen me bent.’

'Je hebt helemaal geen petje op.' Dat is mijn poging tot humor en tot verandering van onderwerp, maar hij werkt op geen van beide punten.

'Wil je echt beweren dat jij nooit...' Wendell laat zijn stem zakken, '... dat jij het nooit, je weet wel, wilt doen?' Hij heeft een rondje gevormd met zijn duim en wijsvinger en steekt daar de middelvinger van zijn andere hand herhaaldelijk doorheen.

'Het.'

'Het.' Nu tilt hij zijn arm langzaam in de lucht als een olifant die zijn slurf omhoogsteekt.

Ik weet dat die prikkende vinger van Wendell een gebaar is waarmee geslachtsgemeenschap wordt bedoeld en dat die omhooggaande arm een erectie voorstelt. De regels voor seksualiteit en gesprekken over seksualiteit zijn wazig, verwarrend. Ik weet niet of Wendell grapjes maakt of dat hij in een serieuze discussie over dat onderwerp geïnteresseerd is. Ik kom tot de conclusie dat het wel grapjes zullen zijn en dat ik er niet op in hoef te gaan. Ik sta op en zeg: 'Ik moet Jasmine gaan helpen.'

'Rustig maar, rustig maar.' Hij trekt me weer omlaag. 'Ik wou je niet beledigen. Ik was gewoon nieuwsgierig, vanuit antropologisch standpunt.'

'Ik was niet beledigd,' zeg ik. Ik sta weer op.

'Wacht even.' Hij staat ook op. 'Even je boordje goed doen.' Voor ik het in de gaten heb maakt hij het bovenste knoopje van mijn shirt los. 'Als je met Jasmine gaat optrekken kun je er maar beter niet als een hark bijlopen.'

Als ik in de postkamer terugkom geeft Jasmine me een vel papier en zegt: 'Ik heb een lijst gemaakt van de taken die je moet leren. We beginnen na de lunch. Vanmiddag nemen we alles door en dan doe je het morgen in je eentje.'

Ik loop naar mijn bureau en lees het vel dat ik van Jasmine heb gekregen.

12.30 uur: *kopiëren, verzamelen, inbinden*
13.30 uur: *naar de federale rechtbank lopen om stukken in te dienen*
14.30 uur: *scannen*
15.00 uur: *post sorteren*
15.30 uur: *archiefsysteem en dossiers opzoeken*
16.30 uur: *laatste postronde (blijf uit de buurt van Martha: tegen de avond verslechtert haar humeur.)*
17.00 uur: *tijd om naar huis te gaan (je eerste dag in Kamp Minihel zit erop. ik zou maar serieus overwegen dit jezelf niet aan te doen en morgen thuis te blijven.)*

Aurora heeft me eens verteld dat ze binnen een paar maanden na mijn geboorte al wist dat ik anders dan anderen was omdat ik als baby nooit huilde. Tot ik oud genoeg was om te wijzen en te praten kon ze er op geen enkele manier achter komen of ik honger of buikpijn had. Zelfs als ik viel en me overduidelijk had bezeerd huilde ik niet. Als ik mijn zin niet kreeg ging ik ergens in een hoekje zitten pruilen of ik kreeg een driftbui. Maar ik huilde nooit. Later, toen ik elf was en abba stierf, huilde ik niet. Toen Joseph stierf, mijn beste vriend in St. Elizabeth's, huilde ik niet. Misschien voel ik niet wat anderen voelen. Dat weet ik niet en dat kan ik ook niet weten. Maar ik voel wel. Alleen roept wat ik voel geen tranen op. Wat ik voel op een moment dat anderen huilen lijkt meer op een droog, leeg alleenzijn, alsof ik in mijn eentje ben overgebleven op aarde.

Daarom is het heel vreemd dat er tranen opwellen in mijn ogen terwijl ik Jasmines lijst lees.

8

Deze week is het elke ochtend na de eerste postronde mijn taak om alle kopieerapparaten en printers in het kantoor langs te lopen om het papier bij te vullen, en er ook nog pakken papier naast te leggen. Met een wagentje vol post of papier voor de kopieerapparaten en printers door het kantoor lopen is wat ik het minst graag doe. Er is altijd wel iemand die iets tegen me zegt en dan moet ik iets terug-zeggen.

Een praatje maken. Ik weet alles over een praatje maken. Ik heb op Paterson les gehad in een praatje maken en beschik over een aantal standaardantwoorden voor als iemand een praatje met me begint, en ook een aantal standaardvragen voor de keren dat ik me om wat voor reden dan ook geroepen voel zelf een praatje te beginnen. In de les sociale interactie leerden we vier of vijf vragen over het dagelijkse nieuws te formuleren. Door de krant te lezen of op onze computer te zoeken leerden we vragen over het weer, over sport, over recente gebeurtenissen uit ons hoofd. Deze week heb ik elke ochtend op een webpagina met plaatselijk nieuws gekeken en voor de zekerheid een paar vragen genoteerd. 'Wat vind je ervan dat de Boston Red Sox van de New York Yankees hebben verloren?' Dat soort vragen.

Gelukkig heb ik niet één van mijn voorbereide vragen hoeven gebruiken. Als ik 's ochtends binnenkom is Jasmine er al. Ze geeft me mijn lijst voor die dag en dan doen we allebei in stilte wat we te doen hebben. Dat vind ik fijn. En ik denk dat Jasmine het ook fijn vindt, want het werk dat ze aan haar bureau doet, doet ze meestal met een koptelefoon op. Maar soms vraag ik me af wat Belinda voor iemand was en of Jasmine haar koptelefoon ook zou opzetten als niet ik maar Belinda hier werkte.

Dozen openmaken en er pakken papier uit halen is iets waarbij ik me niet zo erg hoef te concentreren. Dat geldt voor veel van de klussen hier op kantoor en dat vind ik prima omdat ik dan aan andere dingen kan denken, zoals nu. Waar ik nu over nadenk is of er op het advocatenkantoor ook wel eens een diepergaand gesprek plaatsvindt, 'een praat' dus. Soms hoor ik de advocaten over hun werk praten. Dan hebben ze het over de inhoud van brieven die ze hebben gekregen of wat iemand aan de telefoon tegen hen heeft gezegd of wat er in een vergadering is gebeurd. Ik hoor heel vaak: 'Toen zei hij' of: 'Toen zei zij', en dat vertellen wat andere mensen hebben gezegd gaat met veel emotie gepaard. Ik denk dat dat op het kantoor het equivalent is van 'een praat maken', omdat er bij een praatje geen emotie meespeelt.

Ik vraag me af hoe ik 'een praat' zou omschrijven. De meeste gesprekken die ik met rabbijn Heschel voer vallen daaronder, want die gaan over vragen die God betreffen. Het gesprek dat ik met Aurora had nadat Arturo me over mijn vakantiebaan bij hem op kantoor had verteld, was een praat. Al mijn gesprekken met mijn vriend Joseph in het ziekenhuis waren het ook, al gingen ze over onbelangrijke dingen. Dat komt doordat we allebei wisten dat elk woord telde. Het enige dat ik niet snap is waarom ik op Paterson nooit onderscheid maakte tussen een praatje en een praat. Ik weet best dat het nergens op slaat, maar om de een of andere reden leek alles wat ik op Paterson zei en hoorde een praat.

'Hé daar.'

Iemand heeft het tegen mij. Ik kijk om; het is de secretaresse die in ruimte achttien zit. Ik zoek naar haar naam. Ruimte achttien. Beth. De advocaat voor wie ze werkt is Harvey Marcus. Ik sta daar en weet niet goed wat ik tegen haar moet zeggen.

'Waar is Jasmine?'

Zulke vragen vind ik prettig. 'Ze is naar het postkantoor.'

'Shit!'

Dat is een onverwachte reactie. Dan zie ik een stapeltje documenten op de balie en ik begrijp dat ze wil dat Jasmine iets voor haar doet. Ik zie haar op de grote witte klok kijken die boven mijn bureau hangt.

'Ik had tegen haar gezegd dat ik een paar documenten zou brengen die voor elven moesten worden ingebonden.'

Ik weet wel iets van inbinden omdat Jasmine me het apparaat achterin heeft aangewezen dat daarvoor wordt gebruikt, maar ze heeft me nog niet geleerd hoe ik het moet doen. 'Ze is om tien uur terug.' Ik draai me om en kijk op de klok. Het is halftien.

'Harvey heeft deze nodig voor een directievergadering die we hier om elf uur hebben.'

Ik kijk naar de documenten die ze op de balie heeft gelegd. 'Het zijn er maar zes,' zeg ik.

'Ik moet overal tien kopieën van hebben, en die moeten allemaal getabd en ingebonden worden.' Ze kijkt me niet aan. Ze schrijft iets op een van de aanvraagbriefjes op de balie. Ze drukt er zo hard op onder het schrijven dat het briefje scheurt. 'Shit! Vertel me alsjeblieft dat dit me niet echt overkomt.'

Ik geloof niet dat ze mij vraagt haar dat te vertellen. Ik weet niet wat 'getabd' betekent en ik weet niet hoe je moet inbinden, maar ik kan wel kopiëren en daarom zeg ik: 'Ik maak de kopieën wel. Ik kan vast beginnen.'

Ze kijkt me aan. 'Was jij niet ach... ik bedoel, traag of zo?'

Wat moet ik daarop zeggen? Ik weet ditmaal wat ze verder had willen zeggen nadat ze gestopt was: 'achterlijk'. Dus om de een of andere reden verwachtte Beth dat ik achterlijk of traag was of zo, en ik zei iets of bood aan iets te doen wat niet bij die verwachting paste. Maar hoe kwam ze aan die verwachting dat ik achterlijk was? Van wie had ze die oorspronkelijk?

'Hé, ben je er nog?' Ze knipt met haar vingers in mijn richting. 'Als je hier werkt zul je dat werk eigenlijk ook wel kunnen, hè?'

Ik geef geen antwoord. Maar ik geloof niet dat de conclusie van haar veronderstelling per se juist is.

'Zie je die geeltjes? Op die plekken moeten de tabs komen. Je moet ze van de documenten afhalen als je ze kopieert, maar daarna moet je ze er weer op doen zodat je weet waar de tabs moeten komen.'

'Wat zijn tabs?'

Ze kijkt op de klok aan de muur en trekt een gezicht. Zo'n gezicht heb ik kinderen op Paterson weleens zien trekken vlak voor ze in tranen van woede of frustratie uitbarstten. 'Ik heb hier echt geen tijd voor. Hier is mijn aanvraagbriefje. Ik was hier bijtijds om het op tijd klaar te hebben. Als het bedrijf geen fatsoenlijke ondersteuning kan inhuren... dan moet Harvey het verder maar afhandelen. Ik heb gedaan wat ik kon.' Terwijl ze dat zegt bewegen haar handen de hele tijd door de lucht. Ik vraag me af hoe ze kan voelen wat ze schijnt te voelen als het gaat om zo'n simpele klus als kopiëren en inbinden.

Om tien uur komt Jasmine terug. Ze heeft een plastic tas bij zich, die ze op haar bureau legt. Ze komt naar me toe en kijkt naar de zes stapels documenten die ik heb gemaakt. Tien kopieën van alle documenten die Beth bij me heeft achtergelaten. Ik kan zien dat ze zich afvraagt wat ik aan het doen ben.

'Beth,' zeg ik. Ik geef haar het aanvraagbriefje. 'Ze moeten getabd en ingebonden worden. Er is om elf uur een vergadering. Ze was erg overstuur omdat jij er niet was.'

Jasmine knikt. In tegenstelling tot de anderen die hier op kantoor werken is Jasmine altijd kalm. Zelfs als ze kwaad is, zoals bijvoorbeeld op Juliet, kun je zien dat die kwaadheid haar niet raakt. Dat weet ik doordat haar ademhaling nooit verandert. Iemand die echt kwaad is krijgt lichamelijke reacties die een poosje duren, zelfs als het voorval dat de woede heeft veroorzaakt alweer voorbij is. 'Je bent vast gaan kopiëren,' zegt ze. Ze pakt de bovenste kopie van het eerste stel. 'Er zit geen inhoud bij. Hoe weten we waar de tabs moeten?'

Ik loop naar mijn bureau en laat haar de zes documenten zien die Beth heeft gebracht, met de geeltjes. Jasmine tilt er een op. 'Zo heeft ze ze gebracht?'

'Ja, zo, met de geeltjes om aan te geven waar ze de tabs wilde.'

'Dus jij hebt de geeltjes eruit gehaald om de kopieën te maken en toen heb je ze weer teruggeplakt in Beths origineel. Je hebt ze op dezelfde bladzijden geplakt als waar ze eerst zaten, toch?'

Ik pak een vel papier van mijn bureau en laat haar mijn lijst zien met nummers van de pagina's waar de geeltjes zaten. Ik hoef er niet bij te zeggen wat het is. Ik dwing mezelf aandachtig naar Jasmines gezicht te kijken en zie er een heel vaag glimlachje op verschijnen. 'Oké, laten we het maar gauw afmaken voordat Beth een zenuwinzinking krijgt.' Ze zegt het alsof dat niet de eerste keer zou zijn.

We werken in stilte, behalve als ik een paginanummer oplees. Jasmine bevestigt de tabs in alle kopieën en dan haalt ze het inbindapparaat tevoorschijn. Ze doet voor hoe je het document tussen twee vellen plastic legt voor het in een elektrische pers gaat die de gaatjes maakt en het inbindt. Als Jasmine er een paar heeft gedaan gaat ze opzij en wenkt mij om het te doen.

Ik kijk op de klok. Het is nu halfelf en Beth moet ze om elf uur hebben. Ik weet wat ik moet doen maar ik denk niet dat ik snel genoeg kan werken om zesenvijftig documenten in een halfuur klaar te krijgen. 'Ik weet niet,' zeg ik.

'Wat weet je niet?'

'Marcelo is niet zo snel als Jasmine.'

'Marcelo verknoeit tijd met erover praten terwijl hij al bezig had kunnen zijn.'

Dan gaat ze naar haar bureau en zet haar koptelefoon op.

Het eerste document dat ik probeer, mislukt. Ik leg de vellen plastic niet precies recht. Ik besluit dat ik het beter opzij kan leggen en met het volgende kan doorgaan dan Jasmine te vragen wat ik eraan kan doen. Het tweede wordt goed, maar het kost me drie minuten om het in te binden. Er zijn maar een paar handbewegingen voor nodig, maar op de een of andere manier wordt mijn tempo vertraagd door de wetenschap dat de tijd verstrijkt. Dan bedenk ik dat dit misschien de opdracht is die me naar Oak Ridge zal sturen. Was dat niet de afspraak? 'Elke opdracht brengt zijn eigen regels mee,' zei Arturo. 'Je slaagt als je laat zien dat je je aan de regels kunt houden.'

Ik stop. Ik haal diep adem. Ik doe mijn ogen dicht. Ik denk – vraag me niet waarom – aan mest scheppen in de stal op Paterson.

Ik denk aan de trage beweging van de schep, aan het vullen van de kruiwagen die ik vervolgens naar buiten rijd, waar de boel later door een truck wordt opgehaald. Harry zei altijd tegen mij dat ik mest schepte alsof elke schep goud was, zo zorgvuldig deed ik het. Zo moet ik nu ook werken, langzaam en gelijkmatig maar zonder ophouden. Wat kan ik anders? Kan Marcelo iemand anders zijn dan Marcelo? Als ik mijn ogen opendoe zie ik dat Jasmine zich heeft omgedraaid en naar me kijkt. Ik zoek op haar gezicht naar bezorgdheid of woede omdat ik niet snel genoeg werk, maar ik zie haar alleen maar zwijgend naar me kijken, zonder een spoor van verwijt.

Om vijf voor elf zie ik Beth bij de balie staan. Ze kijkt eerst naar de documenten die ik heb ingebonden, dan naar mij en dan naar Jasmine.

'Dit geloof ik niet,' hoor ik haar zeggen.

Jasmine doet haar koptelefoon af maar komt niet overeind. 'Zei je iets?' vraagt ze.

'Heb ik niet op het aanvraagbriefje gezet dat Harvey om elf uur een vergadering had en dat de documenten dan ingebonden moesten zijn? Hij is zo ongeveer halverwege en de mensen zijn er al. Harvey moet ze uitdelen zodra de vergadering begint.'

'Harvey had ons de documenten met wat meer speling moeten geven.'

'Ik heb ze om halftien hier gebracht. Anderhalf uur geleden. Het maakt mij niet uit, ik heb een kopie van het aanvraagbriefje om het te bewijzen.'

'Zo meteen krijg je nog een hartaanval. Moet je jezelf eens zien.' Jasmine ziet wat ik ook zie. Beths gezicht is zo rood dat het bijna paars wordt. Ze klemt haar handen zo stijf om de balie dat haar knokkels spierwit zijn. Ze begint te trillen.

'Waarom help jij hem niet? Als jij hem hielp zou het nu wel klaar zijn.' Beth staat nu tegen Jasmine te schreeuwen. Ik ga verder met inbinden. 'Wat mankeert jou? Wil je dat hij het verknalt zodat jij Belinda kunt krijgen? Is dat het?'

Ik houd op om naar Jasmine te kijken. Zou ze me daarom niet

hebben geholpen? Jasmine komt langzaam overeind van haar stoel en gaat tegenover Beth staan.

'Als je niet uitkijkt kan iedereen op kantoor je horen schreeuwen. Is het dat echt waard? Harvey krijgt zijn documenten over een halfuur. Zo laat zou hij ze ook hebben gekregen als ik eraan had gewerkt. Het is een klus voor één persoon. Ik kan hem niet helpen.' Jasmine loopt naar de tafel waar ik sta te werken en pakt een van de documenten die ik net heb gedaan. 'Kijk, perfect ingebonden. Zo mooi zouden ze niet zijn geworden als ik het had gedaan. Ik zou er haastwerk van hebben gemaakt en dan hadden er mislukte tussen gezeten.'

Heel even ziet Beth eruit alsof ze plotseling heeft ontdekt dat haar uitbarsting door een heel publiek is gadegeslagen.

'Jij regelt het maar met Harvey,' zegt ze. 'Ik heb gedaan wat ik kon. Ik heb ze op tijd aangeleverd. Ik heb een kopie van het aanvraagbriefje.' Ze loopt weg.

Nu kijkt Jasmine naar mij en schudt haar hoofd. Ik weet niet wat dat gebaar betekent. Misschien betekent het dat ik niets moet geloven van wat Beth zegt.

'Dank je wel,' zeg ik.

'Waarvoor?'

'Je hebt Beth niet de waarheid verteld. Als Jasmine het had gedaan zouden de documenten nu klaar zijn. Jasmine had dertig seconden nodig om er eentje in te binden. Marcelo kon het zonder fouten te maken niet sneller dan in twee minuten en vijfentwintig seconden.'

'Heb je dat getimed?'

'Dat moest wel om mijn optimale snelheid te bepalen.'

'Je optimale snelheid.'

'Op Paterson noemen we dat optimale snelheid. Dat betekent dat je uitgaand van wie je bent de beste snelheid bepaalt om een opgedragen taak uit te voeren. Iedereen heeft er een.'

'Ongelooflijk,' zegt ze. Dan: 'Ik zou die optimale snelheid van je maar inschakelen om die documenten af te krijgen voor Harvey hier puffend en hijgend komt aanzetten. Jij vond misschien dat Beth dramatisch deed, maar wacht maar tot je Harvey tekeer ziet gaan.'

'De documenten komen niet op tijd voor de vergadering af.'

'Maar dat wist je al. Je hoefde alleen maar je optimale snelheid te vermenigvuldigen met het aantal documenten dat je nog moest doen.'

'Ja.'

'Maar je bent niet sneller gaan werken.'

'Nee.'

'Waarom niet?'

'Het was niet mogelijk de deadline te halen zonder fouten te maken.'

Ze komt naar me toe. 'Iedereen hier denkt dat deadlines belangrijk zijn. Sommige zijn dat wel en andere niet. Er gebeurt niets, de wereld vergaat niet, er vallen geen doden en, god verhoede, het kost geen geld als die documenten er niet om elf uur zijn. Het ergste dat er kan gebeuren is dat Harvey moet zeggen dat de documenten er over een paar minuten aankomen. Maar dat zal hij niet zeggen omdat die documenten tijdens de vergadering helemaal niet besproken of zelfs maar ingekeken worden. Harvey wil dat de deelnemers aan de vergadering ze meenemen als ze weggaan. Dus die deadline van elf uur is er alleen maar om te zorgen dat Harvey er goed op staat. Hij wil de verslagen op tafel hebben liggen als de mensen binnenkomen omdat hij denkt dat dat indruk maakt.'

'Het is niet belangrijk om indruk op anderen te maken.'

'Dat is buitengewoon belangrijk!' Ze laat haar handen trillen alsof ze doodsbang is, maar ik kan zien dat dat trillen niet echt is. 'De vergadering wordt om twaalf uur onderbroken voor de lunch. Dan kunnen we de documenten daar neerleggen en dan staat Harvey er nog steeds goed op. Ik ga wel kijken of ik kan voorkomen dat hij uit zijn vel springt.'

'Het was Marcelo's schuld.'

Ze slaat haar ogen neer. Ik dacht dat ik de enige was die anderen niet durfde aan te kijken, maar zij lijkt ook bang. 'Hoor eens, er zijn een paar echte deadlines waarbij mensen misschien niet hun leven, maar wel geld kunnen verliezen als ze niet gehaald worden. Het duurt even voordat je die herkent.'

'Zelfs al herken ik de deadlines, dan nog kan Marcelo niet harder werken dan hij kan.'

'Wat wij moeten doen is het werk verdelen. Jij werkt aan de klussen die niet tijdgevoelig zijn en ik doe de rest.'

'Ik kan me heel goed concentreren als ik op optimale snelheid kan werken.' Ik probeer het zo te zeggen dat het als een grapje klinkt, maar Jasmine glimlacht niet. Dan bedenk ik ineens iets: 'Belinda zou de deadline van elf uur wel hebben gehaald.' Het is mijn bedoeling het als vraag te formuleren, maar het wordt een verklaring.

'Ja.'

Dan loopt ze de postkamer uit. Ze gaat zorgen dat Harvey niet uit zijn vel springt.

9

Elke dag dat ik op het advocatenkantoor werk maak ik nieuwe vorderingen, vorderingen zoals door Arturo omschreven, bijvoorbeeld in staat zijn de opdrachten die ik krijg met succes uit te voeren. Ik kan over straat lopen als ik me aan een van buiten geleerde route houd en een uitgeprinte kaart volg en als ik me niet op de woorden en geluiden van de stad concentreer. Woorden zijn overal. Woorden, zo lijkt het, bedekken alles. Er staan woorden op gebouwen en op ramen, op auto's en op de kleren van mensen. Er zitten mensen op de stoep met bordjes als NUCHTER EN DAKLOOS. Als ik blijf staan om elk woord dat ik zie op te nemen, kom ik nooit bij de rechtbank waar ik bijna elke dag naartoe ga om stukken in te dienen.

Met geluiden is het net zo. Het lijkt wel of ik het grootste deel van mijn hersenen moet uitschakelen om goed te kunnen functioneren. Honderden mensen hebben er totaal geen moeite mee zich aan verschillende geluiden aan te passen. Ze lopen en praten in mobieltjes. Ze ontwijken auto's en voeren intussen een gesprek. Eerst was ik verbaasd dat er zo veel mensen op straat in zichzelf liepen te praten. Jasmine moest me op de piepkleine microfoontjes wijzen die voor hun gezichten bungelden.

Elke dag loop ik in mijn lunchuur naar een parkje voor het gebouw waarin het advocatenkantoor zit. Daar eet ik dan mijn sandwich met tonijn, mijn mueslireep en mijn appel op. Ik observeer. De laatste tijd zit ik naar vrouwen te kijken, waarbij ik mijn best doe niet naar ze te staren, en dan probeer ik of ik kan vaststellen of ze aantrekkelijk zijn. Ik neem aan dat dat het gevolg is van de gesprekken die ik met Wendell voer. Al zijn het eigenlijk geen gesprekken. Wendell oreert en ik luister. Bijna elke dag maakt Wendell me deelgenoot van zijn uitgebreide kennis van de vrouw en haar wereld.

Als ik na de lunch naar de postkamer loop grijpt Wendell me vast.

'Een paar minuutjes maar, Marcelo, toe. Ik word gek als ik hier alsmaar die flauwekul zit te lezen.'

'Jasmine wacht op me, ik moet naar het kadaster,' zeg ik.

'Zie het maar als je goede daad voor vandaag,' smeekt hij.

Ik ga zitten.

'Weet je wat ik hier de hele tijd doe?'

'Flauwekul lezen.'

'Precies. Ik moet vijfendertig dozen flauwekul doornemen om naar memo's en brieven en rapporten te zoeken, sommige in het Spaans.'

'Spreek je Spaans?'

'Zo'n beetje. Ik heb het drie jaar op school gehad.'

'Toen mijn oma bij ons woonde bad ik altijd met haar in het Spaans.'

'Ga weg. Over bidden gesproken, ik bid dat Jasmine met me uitgaat. Ik snap niet waarom ze niet wil. Heeft ze het weleens over me?'

Ik denk na over zijn vraag maar besluit er geen antwoord op te geven. Daarom vraag ik maar iets aan hem. Dat is iets wat ik van rabbijn Heschel heb geleerd. Als je een vraag niet wilt of kunt beantwoorden moet je er zelf een stellen. Ik vraag: 'Wat vind jij, is Jasmine mooi?'

Wendells gezicht klaart op. 'Met die vraag ben je bij mij aan het goede adres, beste vriend.'

Ik vraag me af of ik weleens 'beste vriend' ben genoemd door iemand die als normaal wordt beschouwd. Zelfs Joseph noemde me nooit 'beste vriend', al waren we wel vrienden. Ik vind het fijn om door Wendell 'beste vriend' genoemd te worden.

'Ja, je kunt met absolute zekerheid zeggen dat Jasmine mooi is.'

'Dus als een vrouw op Jasmine lijkt,' zeg ik, 'dan is zij ook mooi.'

'Zo werkt het niet altijd, Mr. Spock.' Wendell heeft er een gewoonte van gemaakt mij zo te noemen als ik iets zeg wat logisch van aard is. 'Jasmine heeft weelderig zwart haar, maar een blonde of roodharige of zelfs een volkomen kale vrouw kan net zo mooi zijn. Soms is dun fijn en soms snak je als man naar wat meer houvast. Maar ja, als eerste uitgangspunt: als een vrouw op Jasmine lijkt kun je rustig aannemen dat ze mooi is. Maar hou je niet in. Wees ruimdenkend, zeg maar, in je waardering van schoonheid.' Hij lacht in zichzelf.

'Wie is er nog meer mooi?' vraag ik.

'Hier op kantoor is zo ongeveer iedere secretaresse wel op de een of andere manier een stuk. Dat is de enige verzachtende omstandigheid hier. Behalve misschien die ouwe Margie. Maar zelfs bij haar kun je zien dat ze, nou, tachtig jaar geleden of zo mooi is gewéést.'

Vrouwen zijn Wendells speciale interesse, zeg ik tegen mezelf.

'Je hebt drie soorten vrouwelijke schoonheid,' zegt Wendell. Hij klinkt net als meneer Rafferty, mijn leraar maatschappijleer op Paterson. 'Aards, elegant en elementair.'

'Kun je daar alsjeblieft voorbeelden van geven?' Ik heb meteen spijt van die vraag. Ik loop al tien minuten achter op mijn schema en Jasmine wacht op me omdat ik naar het kadaster moet.

'Zeker. Laten we maar drie mooie vrouwen hier op kantoor nemen. Ieder van hen vertegenwoordigt een van de drie schoonheidscategorieën die ik net noemde. Eerst heb je de aardse Martha. Aardse vrouwen zijn goed toegerust op een moederlijke, boezemrijke manier. Ze zijn op een overvloedige, makkelijke, natuurlijke manier sexy en laten anderen daar vrijelijk van meegenieten. Seks maakt deel uit van hun verzorgende aard. Voor de man komt de aantrekkingskracht van de aardse vrouw voort uit zijn kinderlijke verlangen bezeten te worden, waarmee hij in de vrouw het verlangen oproept hem te beschermen.

Wat de tweede categorie betreft, Juliet hiertegenover vertegenwoordigt de elegante vrouw. Eleganten zijn gewoonlijk aan de dunne kant. Hun gedrag is koel en afstandelijk. Ze zijn zich bijzonder goed bewust van hun effect op de mannelijke soort en wenden die kennis tot hun voordeel aan. Ze roepen de competitiedrift in de man op. De aantrekkingskracht is daarbij gebaseerd op de mannelijke behoefte om te overwinnen en te temmen, maar ook om hun buit te koesteren en aan anderen te onthouden. Eleganten zijn trofeeën, bezittingen om mee te pronken. Je hoeft alleen maar met ze gezien te worden om de afgunst van anderen op te wekken. Vandaar dat mijn vader Juliet in dienst heeft.'

Wendell is ineens stil.

'Dan moet Jasmine een voorbeeld van elementaire schoonheid zijn,' zeg ik.

Wendell schrikt op uit zijn gepeins en slaat me op mijn knie. 'Zo is dat. Je leert snel, m'n jong.' Hij leunt achterover in zijn stoel. Zijn toon is anders dan toen hij de vorige schoonheidscategorieën beschreef. Hij klinkt plechtig en ernstig. 'Elementaire schoonheid is minder afhankelijk van lichamelijke attributen dan de andere vormen van schoonheid. Theoretisch gesproken zou een vrouw, denk ik, een elementaire vrouw kunnen zijn zonder lichamelijk aantrekkelijk te zijn. Heb je weleens van het periodiek systeem der elementen gehoord?'

'Ja.'

'Wat is dat?'

'Dat is een tabel met alle scheikundige elementen op volgorde van het aantal atomen in elk element.'

'Helemaal goed. Waarom wist ik dat je het antwoord op die vraag zou weten?'

'Dat heb ik op Paterson geleerd.'

'Goeie school, dat Paterson. Oké, ik ga door, want ik ben nu zo goed op dreef. Alles wat op aarde voorkomt bestaat uit een combinatie van de elementen uit het periodiek systeem der elementen.'

Ik ben het niet met hem eens. De elementen uit het periodiek systeem der elementen slaan op de duidelijkste delen van de werkelijkheid, het soort dat we kunnen zien en aanraken. Maar er zitten energiekrachten in het atoom die ook tot de werkelijkheid behoren, en verder zijn er ook nog krachten waar wij nog niet op zijn afgestemd. Ik besluit hem niet te onderbreken, want als hij me vraagt dat uit te leggen zou het ertoe kunnen leiden dat we over religieuze zaken gaan praten.

'Wat heeft dat allemaal met schoonheid te maken, vraag je je nu natuurlijk af.'

Eerlijk gezegd zit ik me af te vragen of het bij gesprekken met vrienden altijd zo voelt: twee geesten verbonden door hun aandacht voor hetzelfde onderwerp.

Wendell gaat verder. 'De aantrekkingskracht achter elementaire schoonheid is dat hij de belofte van totaliteit wekt, van volledige, complete en nooit eindigende voldoening. De vrouw met dit soort schoonheid is net zoiets als het periodiek systeem: ze bezit alle elementen waaruit vrouwelijkheid bestaat, maar op een onopvallende manier, net als materie.'

'Jasmine is zo?' Ditmaal slaag ik erin het als een vraag uit te spreken.

'Ze is solide. Niet alleen is haar lichaam solide, ik bedoel stevig, ik bedoel omdat ze elke dag gewichten tilt, maar ze is ook onwankelbaar, onverschrokken, blijvend, basaal, organisch. Als je met haar in de woestijn strandde zou zij het water vinden.'

'Jasmine tilt gewichten,' zeg ik min of meer tegen mezelf. Bij dat idee word ik blij.

'Maar wat zo bijzonder is aan dit zeldzame type vrouw is dat ze ondanks haar kracht op allerlei manieren buitengewoon begeerlijk blijft. O, lieve god. Het is een stijve die vanuit het diepst van de ziel komt. Daarom is Jasmine elementair.'

'Ik snap het.' Misschien ligt het aan de vreemde manier waarop Wendell God erbij haalt, maar ik voel me ineens niet meer op mijn gemak. Ik sta op. Wendell staat ook op maar praat gewoon door. De les is nog niet afgelopen.

'Het enige probleem met elementaire vrouwen is dat je even gemakkelijk wel als niet van ze kunt houden. Niet dat ze koud en berekenend zijn, zoals de eleganten. Maar ze volgen hun eigen weg. Je kunt aan boord klimmen en meevaren, maar ze blijven gewoon op hun bestemming af koersen, met of zonder jou. Als je over de duvel spreekt...'

Jasmine staat in de deuropening. Ze kijkt me aan. 'Als ik de spullen niet voor sluitingstijd bij het kadaster heb, springt Rieze uit zijn vel.'

'Mijn schuld,' zegt Wendell. 'We zaten de betekenis en essentie van het leven te bespreken.'

'Hij gaat niet jouw werk doen,' zegt Jasmine tegen hem.

'Rustig maar, tijger. Hij is helemaal voor jou.'

'Tot ziens, beste vriend,' zeg ik tegen Wendell.

Maar die hoort me niet. 'Heb je al nagedacht over wat ik je had gevraagd?' vraagt hij aan Jasmine.

'Welk gedeelte van nee begrijp je niet?' Jasmine loopt al weg terwijl ze het zegt.

Onderweg naar het kadaster zegt ze tegen mij: 'Kijk uit voor Wendell. Hij is niet te vertrouwen.'

'Wat bedoel je daarmee?' vraag ik. 'Wat heeft hij gedaan dat je dat zegt?'

'Het is een gevoel dat ik heb,' zegt ze. 'Hij is alleen maar buitenkant, net als zijn vader, en vanbinnen is hij net zo gemeen. Ik vertrouw hem niet.'

Ik denk terug aan een paar weken geleden, toen Arturo vroeg of ik hem vertrouwde en ik ja zei. Het is waar. Ik vertrouw Arturo. Ik vertrouw erop dat hij zijn belofte houdt en mij laat beslissen waar ik volgend jaar naar school wil. Maar mijn vertrouwen in hem is meer kennis dan gevoel. Het is gebaseerd op de ervaring dat hij altijd doet wat hij heeft gezegd te zullen doen. Ik heb nog nooit aan vertrouwen gedacht als aan een gevoel, maar nu hoor ik Jasmine het woord gebruiken alsof het een gevoel is. 'Hoe voelt dat: gebrek aan vertrouwen?' vraag ik.

'Het is een griezelig gevoel in je binnenste.'

'Griezelig.'

'Ja, griezelig. Ik krijg de kriebels van Wendell.'

'De kriebels. Kun je wat duidelijker zijn?'

'Ben je weleens hebberig?'

'Ja.'

'Waarvan word jij hebberig?'

‘Van cd’s. Het lijkt wel of ik er nooit genoeg heb. Als ik een cd zie wil ik hem kopen, zelfs al heb ik hem niet nodig, zelfs al heb ik er thuis al een met dezelfde muziek.’

‘Precies. Nou, als ik bij Wendell in de buurt ben voel ik me zoals die cd zich zou voelen als hij kon voelen.’

10

Toen ik vanochtend zat te wachten tot Aurora me naar het station bracht, vroeg Arturo me mijn sneakers, een T-shirt en een short mee te nemen. Nu weet ik waarom. We zijn op weg naar de fitnessclub. Ik had er geen idee van dat Arturo bijna elke dag aan 'conditietraining' deed, zoals hij dat noemt. Het liefst doet hij dat 's ochtends als hij net op zijn werk is. Arturo gaat graag in zijn eentje met de auto, ook al ben ik al wakker tegen de tijd dat hij weggaat, en dan zet Aurora me op weg naar haar werk af bij het station. Arturo denkt dat ik meer over de echte wereld leer als ik elke dag met de trein op en neer reis. Misschien denkt hij dat ik meer contact met anderen heb als ik de trein neem. Maar meestal reis ik in stilte terwijl ik probeer de IM op te roepen, die steeds moeilijker te bereiken is.

'Hoe gaat het met je werk?' vraagt Arturo aan mij.

'Hélemaal goed,' antwoord ik. Ik probeer het net zo te zeggen als Jasmine, maar het lukt me niet precies de goede intonatie te gebruiken.

'Hélemaal goed?' vraagt Arturo.

Ik weet niet waarom het moeilijker is om bij de plaats van de IM te komen. Op het werk kan ik er met geen mogelijkheid naar luisteren, zelfs op de zeldzame momenten dat ik aan mijn bureau zit en niets te doen heb. Het lijkt wel of de IM bang is om gehoord te worden uit angst dat hij uitgelachen wordt.

'Dat heb ik je nog nooit horen zeggen,' zegt hij.

'Jasmine zegt het,' zeg ik.

'Aha.'

Nu zegt Arturo niets meer onder het lopen. Dat vind ik prettiger. Rond deze tijd ga ik gewoonlijk naar het parkje voor het gebouw om te lunchen. Dit uitstapje naar de fitnessclub berooft me van het enige uur van de dag dat ik mijn gedachten ongestoord alle kanten op kan laten gaan, waarheen ik maar wil. Ik werd een beetje nijdig toen Arturo vertelde wat we tussen de middag gingen doen, maar ik zei niets. Ik weet nu wel dat ik gauw een beetje nijdig word als me wordt gevraagd iets onverwachts te doen. Ik doe al jaren mijn uiterste best om het niveau en de duur van die boosheid te verminderen. Daar ben ik al mee bezig zo lang ik me kan herinneren.

'Dan kunnen Jasmine en jij zeker wel goed met elkaar opschieten.'

Dat vind ik klinken als een conclusie en niet als een vraag, en daarom ga ik er niet op in. We staan op de hoek te wachten tot het groene miniatuurmannetje op het voetgangerslicht verlicht wordt zodat we mogen oversteken. Voor een deel ben ik nijdig over dat trainen omdat ik niet hóéf te trainen. Ik gebruik elke ochtend mijn dumbbells, dat doe ik al sinds ik het van mijn oom Hector heb geleerd.

'Ik vroeg of Jasmine en jij met elkaar konden opschieten.'

Dus het was toch een vraag. Ik aarzel omdat Arturo oversteekt, ook al is het mannetje in het licht nog rood. Ik blijf op de stoep staan, maar Arturo wenkt dat ik moet meekomen. Ik kijk of ik auto's zie aankomen voor ik de straat op loop. Er komt een auto de hoek om uit een zijstraat, recht op ons af, maar Arturo gaat niet sneller lopen. Ik grijp hem automatisch bij zijn arm. Dat is iets wat een klein kind zou doen, denk ik.

'Ze heeft nog niet over je geklaagd,' zegt hij midden op straat.

We bereiken de overkant. Het lijkt of Arturo in zichzelf praat. Het duurt even voor het tot me doordringt wie 'ze' is.

'Dus het loopt allemaal goed met Jasmine?'

'Ja, vader.'

Klonk dat onbeleefd? Mijn intonatie is meestal hetzelfde, wat ik ook zeg, al lukt het me de laatste tijd mijn stem aan het eind van een zin omhoog te laten gaan als ik een vraag stel. De meeste mensen kunnen niet horen dat ik zenuwachtig ben als ik met ze praat, of dat ik me zorgen maak over wat ik hierna tegen ze moet zeggen. Toch is dat bij bijna iedereen het geval, behalve bij Aurora, Yolanda, rabbijn Heschel, de kinderen in het ziekenhuis en mijn medeleerlingen op Paterson. En, nu ik erbij nadenk, ook bij Jasmine. Dat is heel vreemd. Daar had ik nog niet bij stilgestaan. Ik vraag me af hoe dat heeft kunnen gebeuren zonder dat ik het merkte.

Het is waar dat Arturo me soms zenuwachtig maakt. Hij stelt voortdurend vragen, daagt me uit mijn reactiesnelheid te vergroten. Nu ben ik ook zenuwachtig, nu ik met hem naar de fitnessclub loop. Ik ben nog nooit naar een fitnessclub geweest. Ik ben benieuwd of die er net zo uitziet als de trainingsruimte op Paterson.

Arturo opent de deur van de club en laat zijn kaart zien aan een jonge vrouw achter de balie.

'Goeiemorgen, meneer Sandoval.'

'Hallo, Jane.'

Iedereen kent mijn vader en mijn vader kent iedereen. Niemand noemt hem Arturo, behalve Holmesy misschien. Holmesy. Dat zal ik ook wel van Jasmine hebben overgenomen.

We lopen langs de fietsen en een man die op een ervan zit zwaait naar Arturo. Hij pakt een handdoek en veegt het zweet van zijn gezicht. Arturo blijft staan. 'Ik moet jou even hebben,' zegt de man tegen Arturo. Hij laat zijn stem zakken alsof hij niet wil dat anderen het horen.

'Dat dacht ik al,' zegt Arturo.

De man lacht, een beetje een ingehouden lachje.

'Kan ik je vanmiddag bellen?' vraagt Arturo.

'Zal niet gaan,' zegt de man. Ik zie dat het vlees op zijn maag en dijen kwabbig is en dat zijn armen vol bruine vlekken zitten. 'Ik vlieg om drie uur naar L.A. Waarom pak je de fiets naast de mijne niet zodat we even kunnen praten?'

'Ik heb mijn zoon bij me,' zegt Arturo, en dan tegen mij: 'Dit is meneer Gustafson, Marcelo.'

'Hoe maakt u het?' zeg ik. Zijn grote handen blijven op het stuur liggen, dus ik steek hem niet de mijne toe.

'Hoe maak je het?' doet hij me na. Dan lacht hij en zegt tegen Arturo: 'Knappe jongen, hè? Zo vader, zo zoon. Ik heb nog twintig pijnlijke minuten te gaan op dit kloteding. Ik heb Holmes al gesproken, die is het eens met het proces. Ik moet jou er ook bij hebben. Twintig minuten, meer niet.'

Ik kijk naar de rij tv's tegenover de fietsen. Er hangen zeker tien toestellen, met verschillende zenders erop. Dan hoor ik Arturo zeggen: 'Oké, ik kom er zo aan.'

In de kleedkamer lopen overal mannen rond zonder kleren aan en daarom houd ik mijn ogen neergeslagen. Dat kost me geen moeite, want dat doe ik van nature al. Ik snap niet hoe iemand in het bijzijn van anderen zonder kleren aan kan rondlopen zonder zich in zijn privacy aangetast te voelen. De enige keer dat ik mijn kleren uittrek waar iemand anders bij is, is bij de dokter. Ik kijk ver genoeg op om de douches te zien en ben opgelucht te merken dat daar een plastic gordijn voor zit dat je dicht kunt trekken.

Arturo heeft een kluisje met een combinatieslot. Hij wijst naar een kluisje ernaast en zegt dat ik daar mijn kleren in kan doen, behalve mijn portemonnee, die hij in het zijne zal leggen. Op Paterson zijn geen kluisjes in de jongenskleedkamer. Daar zitten haken aan de muur en je hoeft je geen zorgen te maken over je portemonnee.

Ik zoek een kruk en begin me te verkleden. Arturo heeft zijn short en T-shirt al aan als ik mijn schoenen nog maar net uit heb en mijn hemd losknoop. Vlak boven ons hangt een witte luidspreker waar popmuziek uit komt. Ik probeer te verstaan waar die vrouw over zingt, maar dat is onmogelijk. Ik vang hier en daar een woord op. Haar stem verdrinkt in het geweld van de drums.

'Ik ben bij de fietsen,' zegt Arturo terwijl ik mijn T-shirt aantrek. 'Kom maar naar me toe als je klaar bent.'

'Ik hou van gewichtheffen,' zeg ik.

'Dat weet ik, maar ik dacht dat we eens iets samen konden doen. Als ik uitgepraat ben met meneer Gustafson kunnen we samen trainen en eens bomen over hoe het gaat.'

'Bomen.'

'Ja, bomen. Je weet wel, vader en zoon die samen zomaar wat kletsen. Ik zie je zo wel verschijnen, oké?'

'Oké.'

Als Arturo weg is trek ik mijn broek uit en vouw hem zorgvuldig op. Dan trek ik de blauwe short met het logo van Yale aan die ik van Yolanda heb gekregen. Omdat ik merk dat ik geen witte sokken bij me heb, houd ik mijn blauwe aan en trek mijn sneakers aan. Ik denk erover na hoeveel moeite het me kost met mijn vader te communiceren. Als er iemand is met wie ik graag zou willen 'bomen', dan is hij het wel. We zouden thuis in de tuin kunnen zitten en een praatje of een praat maken. Dat zou niet uitmaken. Maar dat vereist een inspanning, of liever gezegd: een gebrek aan inspanning dat voor ons allebei buiten onze macht ligt. Nu gaan we 'bomen' en ik denk dat dat goed is, maar het zal me niet gemakkelijk afgaan. Ik weet waar hij eigenlijk in geïnteresseerd is als hij vraagt: 'Hoe gaat het?' Hij wil dat ik bevestig dat hij gelijk had, dat ik in de echte wereld kan functioneren. Ik wou dat hij zich daar niet zo druk om maakte. Ik wou dat ik met hem kon praten over dingen waarover ik ook met rabbijn Heschel praat. Ik wou dat hij me eens iets over Boeddha of Jezus of Jacob vroeg, het soort dingen waar mijn hoofd vol van is.

Ik loop de kleedkamer uit en pak een fiets naast mijn vader. Als ik begin te trappen verschijnt er een reeks lichtjes op het controlepaneel van de fiets. Arturo zit te praten met de opgeblazen man die ons begroette toen we binnenkwamen. Er hangt een koptelefoon over het stuur. Die zet ik op omdat ik denk dat er misschien andere muziek uit komt, maar hij geeft het geluid door van de tv die voor ons hangt. Ik doe hem af. Ik wil de snerpende muziek die uit zo'n honderd versterkers komt buitensluiten, maar hoor in plaats daarvan mijn vaders stem. De andere man en hij praten luid om elkaar te kunnen verstaan en het volume van hun stem is zo groot dat ik hen ook kan horen.

'Kijk.' Meneer Gustafson is aan het woord en veegt tegelijkertijd zijn voorhoofd af aan een witte handdoek. 'Het is een win-winscenario. We krijgen onze cliënten zover dat ze schikken voor het bedrag dat we zijn overeengekomen en we geven onszelf een kleine bonus. Als we hadden doorgeprocedeerd zouden ze dat extra geld ook kwijt zijn geweest aan procedurekosten.'

Ik weet niet waarom ik voel dat Arturo naar me kijkt. Als ik me naar hem omdraai zie ik dat hij me met zijn ogen peilt. Achterdocht. Daar lijkt mijn vaders gezicht het meest op. Ik wend mijn blik af en sluit mijn ogen.

Even later hoor ik Arturo zeggen: 'Het zal een hele klus worden om de mensen van Vidromek tot schikken over te halen. Ik bedoel, ze haten dat kantoor van jullie. Ze denken dat jullie de vijf mensen die door hun voorruit gewond zijn geraakt bij elkaar hebben gezocht en ze min of meer hebben verteld dat ze rijk zouden worden als ze een proces begonnen. Vidromek wil dat ik jullie kapotmaak, eigenlijk. Ze willen dat ik jullie met zoveel stukken om de oren sla en zoveel vertragingstactiek gebruik dat jullie spijt krijgen er ooit aan begonnen te zijn.'

'Blaas maar niet te hoog van de toren. We hebben helemaal niet veel moeite hoeven doen om "mensen bij elkaar te zoeken", zoals jij dat noemt. Mijn vijf cliënten kwamen heel gemakkelijk bovendrijven.'

'Jullie zijn niet de enigen die ons voor het gerecht dagen, hoor. Er staat ook nog een stelletje van die in hun uppie opererende advocaten in de rij dat een graantje hoopt mee te pikken. We hebben tegen iedereen nee gezegd, zelfs tegen degenen die we met een paar duizend dollar hadden kunnen afschepen. Vidromek wil met niemand schikken.'

Het dringt tot me door dat ik mijn vader nog nooit over zijn werk heb horen praten. En nu werk ik bij hem op kantoor en ik weet niet eens wat hij precies doet.

'Ja, maar dat is het hem nou juist. Die andere sukkels worden vertegenwoordigd door uitschot. Ik ben de enige waar Vidromek zich druk om hoeft te maken. Je hoeft alleen maar van mij en mijn vijf cliënten af te komen en dan heb je het gehad. Die anderen kun je zó verpletteren.'

Arturo laat zijn stem zakken. 'Hoor eens, dit is in veel opzichten bijzonder riskant, dat weet je. Om het te laten werken moet ik mijn cliënt ervan overtuigen dat jij de enige uitzondering bent en dat we het kunnen doen zonder dat iemand anders erachter komt. Dan moeten we het papierwerk zo regelen dat het er goed uitziet. De risico's wegen zwaarder dan die "kleine bonus", zoals jij het noemt.'

'Dus wat vind je?'

'Ik wil er hier niet over praten. Bespreek de cijfers maar met Stephen. De afspraken die hij maakt, daar ben ik het mee eens.'

'Jezus, Art, laat me alsjeblieft niet met Holmes praten. Dat is de inhaligste klootzak die er rondloopt.'

'Daarom laat ik het regelen van kleine bonussen aan hem over.'

'Ha ha. Goed dan. Ik maak dat ik uit deze martelkamer weg kom, en dan heb ik het niet alleen over de apparaten.'

Ik hoor hem van zijn fiets klimmen en weglopen. Ik heb mijn ogen tijdens hun hele gesprek dicht gehouden. Ik probeerde mijn benen in een regelmatig ritme te laten trappen, maar ben daar niet in geslaagd. Het gesprek tussen Arturo en meneer Gustafson hield me bezig. Het deed me denken aan toen ik gebarentaal leerde. De kinderen op Paterson bewogen hun handen altijd zo snel dat ik maar hier en daar een woord oppikte. Maar er was nog iets met dit gesprek. Het leek net of ik iets hoorde wat eigenlijk niet voor mijn oren bestemd was, of een kant van mijn vader zag die eigenlijk niet voor mijn ogen bestemd was.

'Ben je wakker of ben je in slaap gevallen?' Het dringt tot me door dat Arturo het tegen mij heeft.

Ik open mijn ogen. 'Wakker.'

'Heb je gehoord waar meneer Gustafson en ik het over hadden?'

Heel even kom ik in de verleiding nee te zeggen. Misschien komt het door de manier waarop hij het vroeg, alsof hij hoopte dat het niet zo was. Maar dan zeg ik: 'Ja, ik heb het gehoord.'

'En wat dacht je?'

'Wat dacht ik.'

'Van het gesprek. Wat voor indruk kreeg je? Wat maakte je eruit op?'

'Ik begreep niet alle uitdrukkingen. Wat betekent het als een zaak geschikt wordt?'

'Dat we overeenkomen de mensen die ons voor het gerecht dagen te betalen zonder naar de rechter te gaan. We sluiten een overeenkomst met hen. Wij betalen hen en zij houden op ons te vervolgen.'

'Er vielen woorden als haten en kapotmaken, maar er was geen woede tussen meneer Gustafson en jou.'

'Dat klopt. Zo gaat dat. Het is puur zakelijk. Niets persoonlijks.'

'Vidromek wil dat jullie het kantoor van meneer Gustafson uitschakelen. Vidromek haat meneer Gustafson.'

'Niet per se meneer Gustafson.'

'"Haat" is een heel heftig woord. Het is het verlangen iemand lichamelijk of emotioneel kwaad te doen, met woorden of met daden. Gebruikte je dat woord opzettelijk?'

'Ja. Dat kun je geloof ik wel zeggen. Ze willen hem niet lichamelijk pijn doen, maar ze zouden hem wel graag financieel raken en... misschien ook emotioneel.'

'Ze willen dat Arturo meneer Gustafson financieel en misschien ook emotioneel pijn doet.'

'Ik ben de advocaat van Vidromek, dus ja, ik moet het doen.'

'Kan Arturo dat? Kun jij dat?'

'Ja. Soms is dat nodig. Je trapt niet meer. Is er iets?'

Niet ver van de fietsen waar Arturo en ik op zitten staat een waterkoeler. 'Ik ben zo terug,' zeg ik. Ik klim van mijn fiets af, loop naar de waterkoeler en schenk water in een papieren beker in de vorm van een hoorntje. Ik kan mijn hart voelen kloppen in mijn borst en mijn gezicht is heet, alsof ik te lang in de zon heb gezeten. Dat komt niet door de fiets, besef ik. Ik weet niet wat ik opeens heb. Het is een vreemd gevoel. Zoals die keer dat ik mijn borst aanraakte en ontdekte dat ik het kruis was verloren dat ik vlak voor ze stierf van abba had gekregen.

'Alles in orde?' Ik voel Arturo's hand op mijn schouder en zonder erbij na te denken schud ik hem van me af.

'Ja. Ik wil nu graag gewichten gaan heffen.'

Ik voel dat Arturo naar me kijkt, zich afvraagt wat ik denk. Ik blijf staan en zeg tegen hem: 'Je hebt daarstraks een paar dingen gevraagd waar ik nog geen antwoord op heb gegeven.'

'Wat dan?'

'Je vroeg hoe het op mijn werk ging. En toen of ik met Jasmine overweg kon.'

'Dat klopt. Goed onthouden.'

'Ik wil daar nu graag antwoord op geven. Ik doe het goed op het advocatenkantoor. Ik kan de opdrachten die ik krijg uitvoeren, al doe ik dat soms langzamer dan verwacht wordt. Ik vind het nog steeds niet prettig om er te werken. Wat je tweede vraag betreft: Jasmine en ik kunnen met elkaar overweg in de zin dat we geen ruzie maken en dat ze aardig tegen me is en me niets verwijt als ik fouten maak. Ik weet bijna zeker dat ze nog steeds liever Belinda zou hebben. Het was niet eerlijk om haar Marcelo te geven terwijl haar was beloofd dat Belinda zou komen.'

'Zo, dat is een aardig goede samenvatting van de stand van zaken. Maak je maar geen zorgen over Belinda. En het is nergens voor nodig dat Jasmine en jij vrienden worden of zelfs maar over iets anders praten dan over het werk dat jullie doen. Je kunt beter vriendschap sluiten met Wendell. Die kan je nog van nut zijn. Vooruit, ga jij maar gewichtheffen. Ik kom je wel halen als het tijd is om terug te gaan.'

Ik loop verder naar het gedeelte waar de vrije gewichten zijn. Ik weet niet zeker of mijn vader en ik hebben geboomd zoals hij hoopte, je weet wel, vader en zoon die samen zomaar wat kletsen.

11

Het onderdeel van mijn werk dat de meeste stress meebrengt is vermoedelijk het indienen van stukken bij de griffie. Dat komt doordat de advocaten die stukken om de een of andere reden pas op het allerlaatste moment klaar kunnen hebben. Als ze het op haar allersnelst doet heeft Jasmine minstens een halfuur nodig om met de stukken bij de rechtbank te komen en ze door de ambtenaar van een stempel met tijd en datum te laten voorzien. Ik heb er twee keer zo lang voor nodig. Daarom doet Jasmine het als het echt heel erg haastwerk is, of ze gaat met mij mee, zoals vandaag.

Als je bij de rechtbank bent moet je naar de griffie, waar altijd een rij staat. Het lijkt erop dat 'tot het laatste moment wachten' een algemene regel is die op alle advocatenkantoren geldt. Jasmine en ik staan achter drie andere mensen te kijken hoe de zwarte wijzers van een witte klok steeds dichter naar vijf uur schuiven. We zijn vandaag samen omdat Jasmine de stukken pas om vijf over halfvijf kreeg.

'Dat deed ze expres, dat weet ik zeker,' zegt Jasmine. Ze heeft het over Juliet.

'Waarom zou ze dat doen?' vraag ik. 'Als de stukken niet op tijd worden ingediend zijn Stephen Holmes en zijn cliënt daar de dupe van.'

'Om ons problemen te bezorgen. Daar zie ik haar best voor aan. "Ik heb ze ruim op tijd aan haar gegeven, dus ze had alle tijd om ze in te dienen."' Jasmine doet Juliets hoge stem na.

Ik maak me geen zorgen of de stukken wel voor vijf uur worden ingediend. Ik ben al vaker met Jasmine bij de griffie geweest en heb de assistent, die Al heet, met Jasmine zien praten. Hij doet altijd heel aardig tegen haar. De vorige keer dat we hier waren nam hij haar stukken om 17.03 uur in ontvangst, maar op de een of andere manier kreeg hij het voor elkaar om er 16.59 uur op te stempelen. Nu zie ik hem glimlachend naar Jasmine opkijken terwijl hij de stukken van anderen afstempelt.

'Is Al je vriend?' vraag ik.

Jasmine kijkt me aan alsof ik zomaar opeens uit het niets opduik. 'Neeee,' zegt ze.

'Hij vindt je leuk,' zeg ik.

'Hoe kom je daarbij?'

'Hij kijkt altijd naar je en lacht tegen je, en hij is aardig tegen je zoals hij dat niet tegen anderen is. Toen ik hier woensdag in mijn eentje was heb ik er expres op proberen te letten of hij tegen mij even aardig was als tegen jou, en dat was niet zo. Hij lachte niet tegen me. Niet één keer.'

We schuiven een stukje naar voren.

'Echt waar? Mmm. Ik dacht altijd dat hij tegen iedereen aardig was.'

'Weet Jasmine dat ze mooi is?'

'"Weet Jasmine dat ze mooi is?" Wat is dat nou voor een vraag? Wat moet een mens daar nou op antwoorden?'

'Het is maar een vraag.'

We gaan het makkelijk halen. Al werkt supersnel. Hij heeft net vijftien stukken van de vrouw vóór ons afgestempeld in dertig seconden. Nu knikt en lacht hij naar Jasmine. Die lijkt hem helemaal niet op te merken. Misschien denkt ze na over mijn vraag.

'Wat moet ik daar nou op antwoorden? Dat is nogal een stomme vraag,' zegt ze, maar ze lijkt niet kwaad.

We zijn aan de beurt en ik besluit Al zo zorgvuldig mogelijk in de gaten te houden. Ik ben goed in kijken terwijl ik mijn hoofd omlaag houd maar mijn ogen omhoog of naar opzij draai. Dan denken de mensen dat ik niet op ze let, maar dat doe ik wel. Het is iets waar ik wat aan moet doen, want het brengt mensen in verwarring, maar soms is het wel handig. Zo kan ik onopgemerkt observeren.

Al lijkt zenuwachtig in Jasmines bijzijn. Hij houdt met twee handen een stuk vast terwijl hij haar vraagt hoe het vandaag met haar gaat, en ik zie dat stuk trillen.

‘Het spijt me dat ik zo op het laatste nippertje ben,’ zegt Jasmine. ‘Je weet hoe dat gaat.’

‘O, geen probleem, ik help je graag. Geen enkel probleem.’ Ik kan zijn wangen letterlijk zien verkleuren via een paar tinten roze naar lichtrood. Hij lijkt niet in staat zijn ogen op te slaan en Jasmine rechtstreeks aan te kijken; alsof ze de zon is. Dan richt ik mijn blik op Jasmine. Ze doet tegen Al net zo als tegen iedereen met wie ze praat. Ze glimlacht zelden tegen je. Haar aandacht is als een laserstraal gericht op datgene waar ze mee bezig is. Ze is beleefd, zegt ‘alsjeblieft’ en ‘dank je wel’ wanneer de situatie dat vereist, maakt grapjes met mensen of snauwt ze af als ze wordt geprovoceerd, maar ze lijkt altijd meer te reageren dan te initiëren en haar reactie gaat alleen maar zo ver als nodig is en niet verder. Alsof de zon niet te fel wil schijnen.

Als we weer buiten op de trap van het gerechtsgebouw lopen zegt ze: ‘Als we opschieten kun je je trein nog halen.’

‘Ik rijd vandaag met Arturo mee naar huis.’ Het is weer tijd voor een periodieke beoordeling van Marcelo’s vorderingen.

‘Je vader werkt lang door.’ Ik merk dat Jasmine niet in haar gebruikelijke hoge tempo loopt.

‘Ik heb een boek bij me.’

Ze knikt. We lopen zonder te praten naast elkaar. Het komt bij me op dat Jasmine op dit moment loopt te denken. Waar denkt ze aan? Ziet ze haar gedachten op een scherm voorbij komen, net als ik?

‘Wat ben je aan het lezen?’

Ik schrik van haar vraag. Ik nam aan dat we zoals gewoonlijk in stilte naar het kantoor terug zouden lopen. Maar ook is het geen vraag die ik ooit van Jasmine had verwacht. ‘Een boek dat ik van rabbijn Heschel te leen heb. Het heet *God zoekt de mens* en het is geschreven door een man die Abraham Joshua Heschel heet, maar rabbijn Heschel is geen familie van hem.’

‘Wie is rabbijn Heschel? Ik dacht dat je katholiek was. Ik zie je weleens aan je bureau de rozenkrans bidden... als je denkt dat niemand het ziet.’

'O,' zeg ik. Ik voel een golf hitte door mijn lichaam trekken. Alsof ik ben betrapt op iets wat niet mag. Wat vreemd dat ik me nu zo voel over iets waarvan ik altijd dacht dat het juist goed was.

'Wees maar niet bang, ik verklap het niet aan je vader,' zegt ze glimlachend. Ze heeft zeker aan mijn gezicht gezien dat ik ongerust was.

Ik knik. Ik vind het fijn dat ze me de rozenkrans heeft zien bidden en er toen niets over heeft gezegd. 'Thuis gaan we naar de katholieke kerk. Niet met ons allen, Aurora gaat niet mee. Die is op haar eigen manier gelovig. Ze gaat alleen niet naar de kerk. Al sinds Marcelo klein was leest hij graag over godsdiensten. Rabbijn Heschel werkt net als Aurora in St. Elizabeth's. Ik ga om de paar weken bij haar op bezoek. Dan praten we over de religieuze teksten die ik heb gelezen. Soms concentreren we ons op bepaalde teksten en soms springen we van het een naar het ander. Op het moment lezen we de psalmen.'

'Mijn moeder was gek op de psalmen. Ze kende er een heleboel uit haar hoofd,' zegt ze.

'Ik leer ze ook vaak uit mijn hoofd,' zeg ik. Het is fijn om over mijn speciale interesse te praten. Ik waarschuw mezelf het gesprek niet te monopoliseren, wat ik nogal eens doe als het gaat over wat me het dierbaarst is, maar ook vragen te stellen. Ik ben benieuwd of Jasmine gelovig is, maar dan bedenk ik iets anders wat ik haar wil vragen. 'Je gebruikte de verleden tijd toen je het over je moeder had. Je zei dat je moeder gek op de psalmen wás.'

'Ze is vier jaar geleden gestorven.' Jasmine kijkt naar een rood stoplicht. Als mensen vertellen dat iemand uit hun familie gestorven is hoor je te zeggen dat je dat erg vindt. Dat wil ik net doen als Jasmine zegt: 'Je doet het al beter in de postkamer.'

Ze verandert van onderwerp, maar soms hebben mensen dat nodig, om pijnlijke herinneringen te ontlopen. Ik volg haar voorbeeld: 'Is Marcelo beter dan Belinda?'

'Nee.' Haar antwoord komt heel snel, sneller dan ik verwachtte. Dan gaat ze verder: 'Maar Marcelo doet zijn werk goed.' Ik kan zien dat er een glimlach om haar mond wil verschijnen, maar dan verdwijnt hij weer. 'Vind je het al prettiger? Op het kantoor werken bedoel ik?'

'Nee.' Het verbaast me dat mijn 'nee' even snel komt als dat van Jasmine. Dan bedenk ik iets om te vragen: 'Vindt Jasmine het prettig om op het kantoor te werken?'

'Ehhh.' Weer komt haar antwoord meteen.

'Wat betekent "ehhh"?' Ik trek mijn neus op als ik het zeg, net als zij.

'Dat betekent dat het wel oké is. Dat het werk is. Alles in aanmerking genomen kan het er best mee door. Er zijn slechtere banen. Toen ik er een paar jaar geleden begon was ik de assistente van een oudere vrouw, Rose, die die baan al had sinds je vader het kantoor begon. Toen ik er ongeveer een jaar werkte ging Rose met pensioen omdat ze bij haar man thuis wilde zijn. Ik solliciteerde naar haar baan. Ik had Rose haar werk zien doen en wist dat ik het ook kon, maar een heleboel mensen op kantoor vonden iemand van achttien niet oud genoeg om die verantwoordelijkheid te dragen: rekeningen op tijd betalen, facturen verzenden voor juridisch werk, voorraden bijhouden, al die dingen die wij doen. Ik heb je vader overgehaald het me te laten proberen en hij heeft me die kans gegeven.'

'Je hebt hem niet teleurgesteld.'

'Nou, af en toe... Het was lastig met Ron. Hij heeft er maar een halfjaar gewerkt, maar dat was moeilijk. Hij was ouder dan ik, en het was moeilijk om de baas te zijn en iemands respect te verdienen.'

Jasmine en ik lopen een heel stuk in stilte. Ik denk aan de woorden die boven mijn bureau op de muur geschreven staan.

'Ron vond het niet fijn om op het kantoor te werken.'

'Nee.' Ik zie Jasmine naar me kijken alsof ze probeert tot een besluit te komen. Als ze begint te praten klinkt ze anders dan ik haar ooit heb gehoord. Aarzelend. Dat denk ik als ik haar hoor. 'Hier vlakbij is een park waar ik graag kom. Wil je mee daarheen? Ik wil je iets laten zien. Je bent op tijd terug om met je vader mee te gaan, maar je zult wel geen tijd meer hebben om te lezen. Is dat goed?'

'Oké.' Het is helemaal niet eng om met Jasmine door de stad te lopen, en ik bedenk dat de keuze om met haar mee te lopen, te zien wat er in de stad te zien is, te horen wat er te horen is, te ruiken wat er te ruiken is, de keuze is die Abraham Joshua Heschel ook zou maken. Ik zou haar graag bij haar arm pakken om ontspannener te kunnen lopen en praten, maar ik weet niet wat de regels zijn voor het aanraken van iemand als Jasmine. Wat is Jasmine trouwens? Is ze een vriendin of mijn baas? Ben ik voor haar hetzelfde als wat Ron voor haar was? Alleen hoeft ze mijn respect helemaal niet te verdienen.

'Het park dat ik je wil laten zien ligt hier een paar straten vandaan.'

We lopen over de stoep langs straten volgepakt met auto's. Op die stoep is het moeilijk lopen door alle mensen die zich voorthaasten om treinen en bussen te halen, neem ik aan, of om gewoon zo snel mogelijk uit de buurt van hun werk te komen. Maar naarmate we verder van het centrum komen wordt het rustiger en kan ik naast Jasmine lopen zonder opzij te hoeven springen voor haastige mensen. Ik besluit haar te vertellen wat al in mijn hoofd zit sinds we de rechtbank in liepen. 'Het was geen stomme vraag.'

'Wat?'

'Marcelo wilde echt graag weten of Jasmine wist dat ze mooi was.'

'Dat is wél een stomme vraag. Waarom wil je dat weten?'

'Mannen vinden Jasmine mooi.'

'Welke mannen?'

'Wendell.'

'O, wat gaat mijn hartje tekeer!' Ze houdt haar hand tegen haar borst en beweegt hem als een kloppend hart op en neer.

'Dat heet sarcasme,' zeg ik. Er is geen enkele reden om trots op mezelf te zijn omdat ik dat herken, maar ik ben het wel.

'Als je dat allemaal vanwege Wendell vraagt, vergeet het dan maar. Wat vrouwen betreft heeft Wendell ze niet allemaal op een rijtje.'

Dat vind ik een heel mooie uitdrukking, al ben ik het er niet mee eens. Wendell heeft er eerder veel te veel op een rijtje als het om vrouwen gaat. 'Andere mannen kijken ook naar Jasmine,' zeg ik tegen haar. 'Al, alle advocaten op kantoor. Ze kijken naar jou zoals je 's avonds naar de sterren kijkt.'

'En jij bent ineens een dichter?' Ze lacht. Haar lach is nieuw voor me. Het is een kleinemeisjeslach. Ik ga langzamer lopen. Het kost me moeite om tegelijkertijd te praten en te lopen. Jasmine gaat ook langzamer lopen. 'Wil dat zeggen dat een vrouw mooi is? Dat mannen naar haar kijken?'

'Dat weet ik niet.' Ik weet opeens niet meer wat ik moet zeggen. Dan bedenk ik iets. Aannemende dat Jasmine inderdaad mooi is moet het moeilijk voor haar zijn om voortdurend opgemerkt te worden. Om aangestaard te worden.

'Weet je dat niet?'

Ik voel dat Jasmine de gek met me steekt, maar ze gaat sneller lopen en ik kan de uitdrukking op haar gezicht niet zien. Ik haal haar in en probeer haar zo goed en zo kwaad als het gaat bij te houden. Ik wil iets zeggen in antwoord op haar vraag. We hebben het over een mysterie dat zij me misschien kan helpen ontraadselen, omdat zij volgens iedereen mooi zou zijn. Maar om dat onder woorden te kunnen brengen moet ik stilstaan. Praten over wat een vrouw mooi maakt en tegelijkertijd lopen ligt buiten mijn macht.

'Daar is het,' zegt ze.

Toen ze zei dat we naar een park gingen stelde ik me een uitgestrekt grasveld voor met bomen en bloemen en paden en bankjes. Haar 'park' is een vierkante vlakte cement met kippengaas eromheen, niet veel groter dan onze tennisbaan thuis. En het lijkt wel of elke vierkante centimeter ervan vol is met kinderen. Kleine mensjes die in het klimrek klimmen en van een metalen glijbaan glijden. Het geluid dat uit het park komt lijkt op het gezoem binnen in een bijenkorf, maar dan honderd keer versterkt. Langs de kippengaasomheining staat een rij bankjes. Jasmine opent het hek en loopt naar een lege plek.

Ik ga naast haar op het randje van de bank zitten. 'Hier ga je naartoe?'

'Moet je die gezichtjes zien,' zegt ze. Ze wijst naar de kinderen.

Als ik naar ze kijk zie ik tientallen gezichtjes die stralen, schreeuwen, gillen en lachen.

'Ze zijn Chinees,' zeg ik. Ik herken hun trekken van de aardrijkskundeles op Paterson.

'Voor het merendeel. De school en kinderdagverblijven zijn hier net om de hoek, en daarom gaan ze met hen hiernaartoe om te spelen. Ik vind het leuk als ze hierheen lopen. Dan lopen ze met zijn tweeën naast elkaar, hand in hand, of allemaal achter elkaar aan terwijl ze een touw vasthouden, net kleine gevangenen.'

Nu we zijn gaan zitten kunnen we mijn gesprek misschien wel voortzetten. 'Ik weet niet wat een vrouw mooi maakt,' zeg ik.

'Ben je daar nog steeds mee bezig?'

'Ik moet het weten.'

'Waarom?'

Ik slik moeizaam. 'Als ik naar Jasmine kijk weet ik niet of ze mooi is of niet. Ik voel niet dat ze mooi is. Ik voel niet dat ze niet mooi is.'

'Hmm. Dat is vervelend.'

Ditmaal weet ik zeker dat ze de gek met me steekt.

'Ik dacht nooit dat er iets mankeerde aan wat ik voelde. Maar... misschien mankeert er iets aan mij. Misschien zal ik nooit voelen dat iemand mooi is.'

'Misschien.'

Er komt een klein meisje met vlechten naar een vrouw toe die naast Jasmine zit. Het meisje wringt zich tussen de benen van de vrouw en begint op haar duim te zuigen. De vrouw aait over haar haar en buigt voorover om iets tegen haar te zeggen in een taal die ik niet versta. 'Dat is iets wat me bezighoudt,' zeg ik. Heb ik een regel overtreden door met Jasmine te praten over iets wat binnen in me zit? Telkens als ik haar kant op kijk zit ze aandachtig te kijken wat de kinderen allemaal doen. Net als ik besluit dat gespreksderwerp maar los te laten hoor ik Jasmine vragen: 'Wat vind jij dan mooi?'

'Mooi? Ik vind mensen niet mooi.'

'Niet alleen mensen. Is er iets waarvan jij kunt zeggen: "Dat is mooi"?'

'Ja. Dat geloof ik wel. Over muziek kan ik dat wel zeggen. Sommige muziek kan ik wel mooi noemen.'

Ze knikt. Ik verwacht dat ze me zal vragen die muziek te beschrijven, maar dat doet ze niet. Het lijkt wel of ze precies weet wat ik bedoel.

'Weet je wat ook mooi is?' vraagt ze.

'Nee.'

'Dat,' zegt ze.

Ze wappert met haar hand in de richting van de lawaaierige speeltuin.

12

Na mijn sessie bij rabbijn Heschel lopen we naar buiten en gaan op de betonnen treden zitten die naar de achterdeur van Temple Emanuel leiden. De parkeerplaats is leeg op de auto van rabbijn Heschel na, een rode Volkswagen kever die ze Habbie noemt, naar de profeet Habakuk, omdat de auto, zoals zij zegt, al jaren huilt zonder dat iemand daar aandacht aan schenkt. 'Ik wou dat ik een sigaret had,' zegt ze terwijl ze gaat zitten.

'Roken is slecht.'

'Dat weet ik. Maar soms word ik zo nerveus dat ik wou dat ik er een had.'

De treden liggen in de schaduw van de zijkant van het gebouw. Dat is prettig omdat het een hete middag is. Rabbijn Heschel heeft een knaloranje broek aan en een blouse in fluorescerend limoengroen. Als het buiten koud is draagt ze een hoed die me doet denken aan de kat in de boeken van Dr. Seuss. In haar zwarte pluishaar zitten witte plekken die net sneeuwvlokken lijken.

'Weet jij,' zegt ze zonder me aan te kijken, 'waarom Aurora jou hier bracht – hoe lang geleden al? Zeven jaar? Goh, toen was je pas tien.'

'Ze wilde niet dat Marcelo de heilige boeken verkeerd begreep.'

Ze zucht. 'Weet je nog, dat jongetje Joseph waar jij zo gek op was? Toen hij stierf zei ze dat ze jou bracht omdat ze zich zorgen om je maakte. Maar ik denk dat ze zich zorgen maakte om míj. Zijn dood was zo'n klap voor me, waarom weet ik niet goed, en jij leek er zo'n vrede mee te hebben.'

'Aurora bracht Marcelo naar rabbijn Heschel omdat u een dienaar van God bent, of in dit geval een dienares.'

'Ha! Deze dienaar van God, of in dit geval een dienares, zoals jij dat zegt, weet niet of ze jou nog veel kan leren.'

'Marcelo heeft een vraag.'

'Nee hè. Niet over boeddhisme. Als je vraagt wat de Boeddha bedoelt met "leegte" ga ik binnen in mijn kamer mijn haren uit mijn hoofd zitten rukken.'

'Dat is als grapje bedoeld. Dat heb ik door. Leegte is gemakkelijk te begrijpen. Ik heb een vraag uit Genesis, rabbijn Heschels liefste heilige boek.'

'Volgens mij word ik erin geluisd. Oké, laat maar horen.' Ze haalt diep adem. Ik kan zien dat ze van mijn vragen geniet, vooral van de moeilijke.

Ik haal het gele aantekenboekje uit mijn borstzak en lees voor: 'Waarom schaamden Adam en Eva zich voor hun naaktheid nadat ze de vrucht van de boom van de kennis van goed en kwaad hadden gegeten?'

'O, dat. Ik dacht dat je zei dat het een moeilijke vraag was.'

'Weet de rabbijn het antwoord?' Ik vond het wel een moeilijke vraag. Ik wist er zelf in elk geval geen antwoord op, zelfs niet nadat ik uren bezig was geweest de passage te lezen en te herlezen en erover na te denken.

'Ik maak maar een grapje,' zegt ze. 'Moeilijker dan deze vind je ze niet gauw. Vertel me eerst maar eens wat er in de Bijbel staat.'

'Voordat Adam en Eva de vrucht van de boom van goed en kwaad aten waren ze naakt zonder zich daarvoor te schamen. Maar nadat ze ervan hadden gegeten beseften ze dat ze naakt waren. Dat wisten ze eerst niet eens. Adam was bang dat God hem zou zien. Er wordt geïmpliceerd dat hij zich schaamde. Waarom was naaktheid iets slechts? Waarom schaamden ze zich?'

'Mmm. Vind jij naaktheid slecht?' Dat is altijd irritant, zoals ze mijn vragen met tegenvragen beantwoordt.

'God ziet naaktheid niet als iets slechts, want Hij heeft de mens gemaakt. Hij heeft hem naakt gemaakt en nadat Hij dat had gedaan zei Hij dat wat Hij had gemaakt heel goed was. De vrouw komt uit de rib van de man, dus zij is ook heel goed.'

'Uitstekend,' zegt ze. 'Al heb ik altijd moeite met dat gedoe met die rib.' Ze is even stil en dan zegt ze: 'Mag ik je voordat we ons in de interpretatie storten eerst iets vragen?'

'Ja.'

'Waarom kom je hier nu mee? Is er iets op kantoor gebeurd waardoor deze vraag bij je opkwam?'

'Nee. Misschien. Ja. Ik heb lopen nadenken over de aard van aantrekkingskracht en over lichamelijke schoonheid. Wendell, iemand bij Marcelo op het werk, praat over aantrekkingskracht die voor hem seksueel is. Maar...'

'Ga door.'

'Zoals hij over zijn gevoelens voor vrouwen praat, dat lijkt verkeerd, maar ik weet niet waarom.'

'Aha.'

'Het is moeilijk voor Marcelo om naar vrouwen te kijken zoals Wendell dat doet. Toen ik probeerde een vrouw te zien zoals hij haar ziet, deed iets me aan Adam en Eva denken toen zij elkaar naakt zagen en zich schaamden. Waarom? Als seks goed is, waarom komt er dan schaamte bij?'

Ze haalt haar vingers door haar haar. Dan pakt ze een van de witte plukken en begint die rond te draaien. Ten slotte zegt ze: 'Weet je dat stuk iets verderop in Genesis nog, toen Kaïn Abel doodde?'

'Ja. Maar waarom was Kaïn jaloers? Ik kan me niet voorstellen hoe "jaloers" voelt.'

'Wacht even, wacht even. We moeten niet meer dan één koe tegelijk bij de horens vatten, anders hebben we straks een hele kudde! Weet je nog waarmee Kaïn Abel doodsloeg?'

'Dat staat er niet bij.'

'Oké, laten we zeggen dat hij een steen gebruikte.'

'Dat weten we niet zeker.'

'We weten niet eens zeker dat Kaïn überhaupt heeft bestaan, dus laat me maar even. Hij deed het met een steen.'

'Hij deed het met een steen. Misschien.'

'Goed. Oké, toen Kaïn naar die steen keek die daar op de grond lag, zag hij niet zomaar een steen, hij *stelde zich voor* dat die steen

een wapen was waarmee hij Abel kon doodslaan. Kun je me tot zover volgen?'

'Ja.' Ik probeer me een steen voor te stellen als wapen.

'Kaïn bezat ook de kennis over goed en kwaad, wat wil zeggen dat hij zich kon voorstellen hoe goede dingen voor iets slechts konden worden gebruikt. Snap je waar ik naartoe wil? Met die naaktheid van Adam en Eva bedoel ik?'

'Nee. Marcelo snapt helemaal niet waar de rabbijn naartoe wil.'

'Eerlijk gezegd weet ik niet goed of ik zelf wel snap waar ik naartoe wil. Even kijken. Nadat Adam en Eva van de boom van goed en kwaad hadden gegeten werden ze zich ervan bewust dat hun naaktheid, die goed was, ook op een slechte manier kon worden gebruikt. Eerst was alles wat God had geschapen goed, zoals jij zei, en de mens was meer dan goed, hij was heel goed. Daaruit volgt dat het lichaam, naakt of niet, ook goed is. Maar nu waren man en vrouw zich ervan bewust dat dat goede lichaam, dat van hen of van een ander, ook voor iets slechts kon worden gebruikt, mochten ze daarvoor voelen. Na de vrucht zagen Adam en Eva in dat ze naast hun neiging tot goed ook de neiging tot kwaad in zich hadden.'

Ik sluit mijn ogen. Ik herinner me een afbeelding van Adam en Eva uit de bijbel die abba in haar kamer had liggen. Ze waren naakt op een vijgenblad na en keken elkaar niet aan.

'Ik kan me niet voorstellen hoe een naakt lichaam voor iets slechts gebruikt kan worden. Het kwaad is een destructieve daad, zoals de moord van Kaïn op Abel. Maar ik begrijp niet wat Adam zag toen hij naar Eva's naakte lichaam keek en zich voorstelde dat hij iets slechts deed. Wat stelde hij zich dan voor?'

Rabbijn Heschel vraagt langzaam: 'Hebben ze het op Paterson met je over seks gehad?'

'Geslachtsgemeenschap is hoe de mens zich voortplant. De opgerichte penis van de man gaat in de vagina van de vrouw. Ik ben geen kind.'

'Sorry. Ik wilde niet kleinerend doen. Natuurlijk ben je geen kind. Je bent een jongeman.'

'Het punt is dat ik aan de ene kant graag zou willen voelen wat Wendell voelt maar dat ik aan de andere kant denk dat dat niet in de haak is, alleen weet ik niet waarom. Het is frustrerend om het niet te begrijpen. Hoe kan geslachtsgemeenschap verkeerd zijn?'

'Geslachtsgemeenschap wordt ook wel de liefdesdaad genoemd. Heb je die uitdrukking wel eens gehoord?'

'Ja. Sommige woorden voor geslachtsgemeenschap zijn aanvaardbaar en andere niet. "De liefdesdaad" is aanvaardbaar. "Neuken" niet.'

'Uitstekend. Geslachtsgemeenschap is aangenaam en goed. God heeft die ons geschonken opdat twee mensen kunnen samenkomen in liefde en zo liefde kunnen creëren, door middel van de kinderen die het gevolg zijn van die daad maar ook door de verbondenheid die ze tijdens die daad voelen.'

Ik vraag me in stilte af hoe die verbondenheid zou voelen. Is dat iets wat ik ooit zal ervaren?

Ze gaat verder: 'Wat de auteur van Genesis ons duidelijk wil maken is denk ik dat de mens, wanneer hij een is met God, niet verdeeld is. In die eenheid bestaat geen goed en kwaad. Al onze neigingen, zelfs de seksuele, zijn goed als we in het paradijs zijn – dat wil zeggen: als we met God wandelen en in al onze daden, woorden en gedachten Zijn wil proberen te volgen. Maar de mens kan ervoor kiezen zich van God los te maken en los van God schept hij kwaad door zich voor te stellen hoe hij wat goed is zodanig kan gebruiken dat hij zichzelf of anderen kwaad doet, en wat hij zich heeft voorgesteld ook werkelijk te doen.'

'Marcelo kan zich niet voorstellen hoe seks kan worden gebruikt om kwaad te doen.'

'O hemel. Dat komt doordat jij zo bijzonder bent. Jij wandelt met God in het paradijs. Moge de Heilige, gezegend zij Zijn naam, altijd met je zijn.'

'Geef Marcelo eens een voorbeeld.'

Rabbijn Heschel vouwt haar handen en sluit haar ogen alsof ze bidt.

'Vader, niet mijn wil maar de Uwe,' fluistert ze met haar ogen ten hemel geslagen. Dan kijkt ze mij aan en zegt: 'De manieren waarop we seks gebruiken om anderen kwaad te doen zijn ontelbaar en onzegbaar. Elke keer als we iemand als middel voor ons eigen genot behandelen. Als we een ander als object zien en niet als een mens zoals wijzelf. Als seks uitsluitend bestaat uit nemen en niet uit geven. Als iemand lichamelijk of psychisch geweld gebruikt om tegen de wil van de ander seks te krijgen. Als iemand een ander bedriegt om seks met die ander te krijgen. Als iemand seks gebruikt om een ander lichamelijk of emotioneel pijn te doen. Elke keer als een volwassene seks heeft met een kind. Dat zijn nog maar een paar voorbeelden van seks als iets slechts. Meer kan ik er niet beschrijven. Het is niet aan mij jou beelden van het kwaad te geven. Het stemt me somber te weten dat je de verschillende manieren die we hebben bedacht om elkaar kwaad te doen gauw genoeg zult leren kennen.'

Ze zwijgt en wrijft in haar ogen zoals iemand met hoofdpijn dat doet. Ik wil zeggen dat ze zich om mij geen zorgen hoeft te maken, maar ik houd mijn mond, omdat ik geen woorden weet te vinden om haar te troosten.

13

Wendell en ik zitten te lunchen op de bovenste verdieping van wat hij 'de club' noemt. De lange man met het rimpelige gezicht die ons bij de deur ontving liep een achterkamertje in en kwam toen terug met een blauw colbertje en een rood met blauw gestreepte das. Die gaf hij aan mij en ik snapte pas waarom toen Wendell zei dat ik die aan moest. Wendell hielp me met de das. Zelf draagt hij al een colbert en een das, dus hem hoefde die man er geen te geven.

We zitten bij een raam met uitzicht over Boston Harbor. Een ober die er ook al vrij oud uitziet komt langs en Wendell bestelt iets te drinken dat 'martini' heet. Ik bestel cola.

'Ik raad de zalm aan,' zegt Wendell tegen me als hij ziet dat ik niet goed kan kiezen wat ik wil eten.

'Ik graag een zalm,' zeg ik tegen de ober, die staat te wachten tot ik zover ben.

Zodra hij weg is zegt Wendell tegen mij: 'Ik heb je hulp nodig.'

'Marcelo's hulp? Mijn hulp.'

'Ja. Waarom kijk je zo verbaasd?'

'Ik wist niet dat er iets was waarmee ik jou zou kunnen helpen.'

'Iets waarmee je mij heel erg kunt helpen.'

De ober komt terug en geeft Wendell een martini en mij een cola. De martini zit in een heel klein glas. Ik zoek naar een rietje maar dat zit er niet bij. Wendell eet de olijf op en drinkt de helft van de martini in één slok op.

'Ik heb jouw hulp nodig om Jasmine te krijgen.' Wendell zet zijn glas neer en kijkt me aan met een blik die ik niet herken.

'Wat betekent "krijgen"?'

'Wat denk je zelf? Raad maar eens.'

'Ik weet het niet goed,' zeg ik. 'Wil je Jasmine zover krijgen dat ze van je gaat houden?'

'Mmm. Dat zou niet nodig zijn.' Hij drinkt zijn glas leeg.

‘Hou jij van Jasmine?’ vraag ik.

‘“Houden van” is een eigenaardig begrip, hè?’ Wendell houdt zijn glas omhoog naar de ober. De ober knikt. ‘Dat kan zoveel dingen betekenen. Ik hou bijvoorbeeld van een droge martini.’ Hij zwaait met zijn lege glas. ‘Ik hou van mijn vaders jacht. Als je met “houden van” bedoelt iets zo graag willen dat het pijn doet en denken dat je dood zult gaan als je het niet krijgt, dan hou ik van Jasmine, ja.’

‘Wil je met Jasmine trouwen?’

Wendell schudt zijn hoofd. Misschien zegt hij daarmee dat hij niet met Jasmine wil trouwen, maar het gebaar kan ook iets anders betekenen. Soms schudden mensen zo hun hoofd als ik iets zeg en zij niet kunnen geloven dat ik dat zeg.

‘Mensen als ik trouwen niet met mensen als Jasmine.’ Hij glimlacht erbij, maar het is geen aardige glimlach.

‘Maar ze is een elementaire vrouw. Dat heb je zelf gezegd.’

‘Ik zal je eens moeten uitleggen hoe dat zit, beste vriend.’ Hij wacht terwijl de ober de borden op tafel zet. Ik staar naar het roze vlees van de zalm. ‘Een vraag.’ Hij steekt een hap zalm in zijn mond. Nadat hij hem heeft doorgeslikt vraagt hij: ‘Heeft ze het weleens over mij?’

Dat is iets wat hij voortdurend vraagt en het antwoord blijft moeilijk. Jasmine zegt weleens iets over Wendell. Ze heeft me bijvoorbeeld verteld dat ze hem niet vertrouwt, en dat hij haar een ‘griezelig’ gevoel bezorgt, wat dat ook mag betekenen. Ze heeft me in niet mis te verstane bewoordingen duidelijk gemaakt dat ze hem niet mag. Maar ik geloof dat ze al die dingen in vertrouwen tegen me heeft gezegd en ik weet niet zeker of ik ze wel aan Wendell mag doorvertellen. Aan de andere kant wil ik Wendells vriend zijn. Hoe blijf je loyaal aan twee mensen als de een de ander niet mag? Moet je dan niet op een bepaald moment voor een van beiden kiezen? Na een poosje zeg ik: ‘Ze vertrouwt je niet.’

‘Wat heeft ze precies gezegd?’ Hij lijkt bijzonder geïnteresseerd in het antwoord op die vraag.

‘Dat is een gevoel dat ze bij jou heeft.’ Nu weet ik niet goed meer of Jasmine zei dat Wendell griezelig was of dat hij haar een griezelig gevoel bezorgde.

'Zie je? Daar komt jouw hulp van pas. Ze vertrouwt jou wel omdat je onschadelijk bent. Wat ik dacht – en zo kun jij me dus helpen – is dat Jasmine, jij en ik een keer na het werk op mijn vaders jacht kunnen gaan varen, een avondcruise over Boston Harbor. Met mij alleen gaat ze niet mee, dat weet ik. Maar als jij haar meevraagt doet ze het wel.'

Het is een prettig gevoel dat Wendell me nodig heeft en ik wil hem graag helpen, zoals een vriend volgens mij hoort te doen. Maar ik voel me ook ongemakkelijk. Er klopt iets niet aan Wendells verzoek, en ik ben benieuwd of wat ik voel nu 'griezelig' is.

'Wat is er? Wat zit je te peinzen? We kunnen er wel een kwartetje van maken als je wilt. Dan vragen we Martha ook mee. Die komt maar wat graag op het jacht. Dat weet ik honderd procent zeker.' Hij knipoogt naar me.

Ik moet heel ver terug langs alles wat Wendell heeft gezegd om de bron te vinden van mijn ongemakkelijke gevoel. In ons gesprek van daarnet zit een stel woorden dat uit de toon valt bij de rest. Eindelijk weet ik weer wat me dwarszat. 'Hoe komt het dat mensen als jij niet met mensen als Jasmine trouwen?'

'Je hebt nog geen hap zalm op. Wat is er?'

Ik pak mijn vork, schuif de rijst rond en leg de vork dan weer neer. Hoe is het mogelijk dat mensen tegelijkertijd kunnen kauwen en proeven en denken en eten? Mijn hoofd lijkt vol te zitten, alsof Wendells woorden voedsel zijn dat mijn hersenen niet kunnen verteren. 'Ik dacht altijd dat je kon trouwen met degene van wie je hield, wie dat ook was. En jij zegt dat je van Jasmine houdt, al heb ik liefde nog nooit horen omschrijven zoals jij dat doet.'

'Marcelo, Marcelo. Moet je altijd zoveel nadenken over dingen? Ik zal het je stap voor stap uitleggen. Ja, je kunt trouwen met degene van wie je houdt, zoals jij dat zegt. Maar die persoon moet ook, hoe zal ik het uitdrukken, waardig genoeg zijn om deel van je leven te worden. Zie jij het al voor je, Jasmine die onder het avondeten met mijn vader en moeder over de wereldgebeurtenissen converseert? Allereerst heeft Jasmine nauwelijks de middelbare school afgemaakt en verder is Jasmine... niet eenkennig.'

'Eenkennig.'

'Laten we het er maar op houden dat ze zo ongelooflijk en onvoorstelbaar sexy is dat het er voor wat ik deze zomer voor ogen heb niet toe doet wat ze is of heeft gedaan. Bovendien kan ik er echt niet tegen als iemand nee tegen me zegt, daar word ik nijdig van. Niemand zegt nee tegen mij. Zeker niet iemand die –' Hij zwijgt opeens en denkt nog eens na over wat hij wilde zeggen. Ik word er bang van zoals hij op dat moment kijkt. Die blik zie ik soms in de ogen van mensen op Paterson wanneer frustratie omslaat in razernij. 'Hoe dan ook, wat en wie ze is doet er alleen maar toe voor deze zomer. En nu wil ik weten of jij bereid bent me te helpen. Je hoeft alleen maar te zeggen dat ik je heb meegevraagd op het jacht en te vragen of ze om jou een plezier te doen ook mee wil komen. En aan boord hoef je dan alleen maar een tijdje jezelf te vermaken aan dek terwijl ik met Jasmine naar beneden ga.'

Ik snap er niets van. Waarom wil Wendell met Jasmine alleen zijn? Jasmine vertrouwt hem niet. Wat hij ook van haar wil, ze zegt heus geen ja. 'Waarom?' vraag ik.

'Waarom wat?'

'Waarom moet je met haar naar beneden om met haar te praten? Verandert dat iets aan haar gevoelens voor jou?'

'Als we eenmaal benedendeks zijn maakt het niet meer uit wat ze voelt. Dan zorg ik wel voor haar gevoelens. Er zijn manieren om gevoelens op te wekken of te veranderen of ze een poosje te laten verdwijnen.'

'Je wilt haar neuken.' Ik vind het akelig om dat woord te gebruiken, maar het beschrijft wel het beste wat Wendell volgens mij wil. De alternatieven, zoals 'de liefdesdaad' of 'geslachtsgemeenschap' lijken niet nauwkeurig genoeg.

Wendell lacht zo hard dat de mensen aan het tafeltje ernaast naar ons kijken. 'Zo zo, meneer Mar*tsj*elo, je leert al aardig hoe het er in de wereld aan toe gaat. Wees maar niet bang, ik doe haar heus geen pijn. Ze zal alleen geen nee kunnen zeggen.' Dan houdt hij op met lachen en kijkt me strak aan. 'Nou? Wat zeg je ervan? Kan ik op je hulp rekenen, beste vriend?'

De manier waarop Wendell me aankijkt geeft me het gevoel dat hij ontzettend kwaad zal worden als ik nee zeg. Als ik zijn vriend wil blijven moet ik ja zeggen – dat gevoel krijg ik van hem. Ik ben bang. Ik kan niet uitmaken of ik bang ben voor Jasmine of voor mezelf. Is dit hoe gebrek aan vertrouwen voelt, als het besef van toekomstige pijn?

'Nee.' Ik kijk Wendell recht in zijn gezicht als ik dat zeg en ik zie zijn pupillen groot worden van verbazing.

'Wat?'

'Nee. Ik vraag Jasmine niet of ze meekomt.' Ik hoop dat hij niet zal vragen waarom. Ik kan me niet herinneren dat ik ooit in mijn leven iets heb gezegd op grond van niet meer dan een gevoel, zonder te beredeneren waarom ik het zeg.

'Juist ja.' Wendells gezicht is rood. Dat komt door woede of door gêne. Hij veegt zijn mond af aan zijn servet, frommelt het dan op en legt het op zijn bord. Zijn ogen kijken alle kanten op, behalve naar mij. Als de ober komt zegt hij: 'Zet het maar op mijn vaders rekening en tel er twintig procent bij.'

'Goed, meneer, dank u.'

Wendell staat op en gaat weer zitten. Ik voel dat hij me een hele tijd aanstaart. Ik weet niet waar ik moet kijken terwijl hij dat doet. Ik kijk uit het raam. Ik wil zeggen dat ik het jammer vind te weigeren om te doen wat hij vroeg, maar ik weet niet goed of het wel passend is om dat te zeggen. Ik vind het jammer dat hij in me teleurgesteld is en ik ben bang hem als vriend te verliezen. Maar ik vind het niet jammer om Jasmine bij hem uit de buurt te houden. Op dit moment lijkt zij belangrijker voor me dan Wendells vriendschap.

De ober brengt hem nog een martini. Misschien heeft Wendell daarom gevraagd toen ik uit het raam zat te kijken. Zijn hoofd wiebelt een beetje terwijl hij praat.

'Wil je een boeiend verhaal horen?'

Uit de manier waarop hij dat vraagt maak ik op dat Wendell en ik misschien toch vrienden kunnen blijven. Hij lijkt weer zichzelf.

'Oké, hier komt het. Ik doe het snel, dus kijk maar of je het kunt volgen. Er waren eens twee superslimme advocaten. Ze hadden allebei op Harvard gezeten, waren allebei als een van de besten van hun jaar afgestudeerd, kwamen na hun studie allebei op het meest prestigieuze advocatenkantoor van Boston te werken. De een ging de procesvoering in, de ander de octrooipraktijk. De een kwam uit een oude familie uit Boston. De stamboom van die familie ging helemaal terug tot de mensen die met de Mayflower meekwamen. Je hebt toch wel van de Mayflower gehoord?'

'Ja, daarover heb ik op...'

'Ja, weet ik, Paterson. Prachtschool, dat Paterson. Daar leer je echt alles. Waar was ik?'

'De een kwam uit een oude familie uit Boston,' help ik.

'Juist. De ander was wat ze in professionele kringen een excuusallochtoon noemen. Weet je wat dat is?'

'Nee.'

'Wat? Bestaat er iets wat je nu eens niet op Paterson leert?'

Sarcasme is voor mij heel moeilijk op te merken, behalve als Wendell het gebruikt. 'Er zijn zo veel dingen,' zeg ik.

'Een excuusallochtoon is iemand wiens voorouders van een ander continent of uit een ander land komen, wiens huid donkerder is dan die van de meeste mensen, iemand die niet lelieblank geboren is. Een bedrijf neemt zulke mensen in dienst om te laten zien hoe ruimdenkend en medelevend het is.'

'Dat begrijp ik niet.'

'Geeft niet. Het begrip is eigenlijk niet relevant voor het verhaal. Laten we maar gewoon zeggen dat die twee advocaten elkaar om de een of andere reden niet mochten. Er doen verschillende verklaringen de ronde over de oorsprong van hun vijandschap. Volgens een ervan, de verklaring die mij het meest aanspreekt, bleek de excuusallochtoon onverwacht een uitstekend advocaat. Niet alleen in de zin dat hij superbekwaam was op zijn vakgebied, maar hij was ook een uitstekend ondernemer. Hij ging eropuit en haalde cliënten binnen voor het bedrijf. Grote, rijke cliënten. Wat de excuusallochtoon deed was in feite min of meer briljant. Hij reisde op eigen houtje naar Mexico en andere landen in Midden- en Zuid-Amerika en ging daar op zoek naar wetenschappers die op universiteiten of in kleine laboratoria werkten, wetenschappers die nieuwe chemische producten en apparaten uitvonden. Als ze zijn cliënt werden, zo beloofde hij, zou hij zorgen dat er in de Verenigde Staten octrooi aan hun uitvindingen werd verleend, hij zou hen helpen bedrijven te zoeken die hun uitvindingen wilden produceren en iedereen zou bakken met geld verdienen.' Wendell houdt zijn glas omhoog. De ober knikt. 'Kun je het tot zo ver volgen?'

'De persoon die jij de excuusallochtoon noemt is mijn vader,' zeg ik. Aurora heeft me verteld hoe Arturo succesvol is geworden, maar zij vertelde het verhaal niet precies zo als Wendell nu doet.'

'Prachtig. Kan me niet schelen wat anderen zeggen – ik vind jou briljant.'

'Dank je,' zeg ik, al geloof ik dat dat alweer sarcasme was.

'Goed, de andere advocaat, laten we die voor de duidelijkheid maar de Mayflower-advocaat noemen, die zag groen van jaloezie op de excuusallochtoon. Dat is tenminste mijn theorie. Het is maar speculatie, maar ik heb reden te geloven dat het klopt omdat ik, hoe zal ik het zeggen, toegang heb tot inside-information.' De ober komt een nieuwe martini brengen. 'Nog vragen tot zover?'

'Is de Mayflower-advocaat je vader?'

'Ja.' Ik verwacht dat hij door zal gaan maar dat gebeurt niet. Dit zou wel eens de eerste keer kunnen zijn dat Wendell een vraag van mij met één woord beantwoordt.

'Jouw vader en mijn vader zijn partners,' zeg ik. 'Ze werken samen en zijn samen eigenaar van het kantoor.'

'Ja. Fifty-fifty. Gelijkwaardige partners. Maar we lopen op het verhaal vooruit. Wat hier zo interessant aan is, het raadsel dat ontsluierd moet worden, is waarom die twee advocaten die zo'n hekel aan elkaar hadden, die elkaar haatten – ik geloof niet dat het woord haat hier te sterk is – waarom die twee mannen die elkaar zo haatten toch besloten partners te worden.' Wendell zwijgt. Er zit een plooi midden op zijn voorhoofd en ik kan zien dat hij diep nadenkt, misschien het raadsel probeert te ontsluieren, zoals hij het noemt.

'Ze hebben elkaar nodig,' zeg ik.

Wendell kijkt me stralend aan. 'Mar*tsj*elo, je houdt niet op me te verbazen.'

'MAR-SE-LO,' zeg ik.

'Maakt niet uit. Je hebt helemaal gelijk. Maar wat wil dat zeggen, dat ze elkaar zo hard nodig hebben dat ze hun haat ervoor opzij kunnen schuiven?'

'Haat is als je iemand kwaad wilt berokkenen,' zeg ik. 'Arturo en jouw vader willen elkaar geen kwaad doen.' Dan herinner ik me wat Arturo tijdens die eerste treinreis naar ons werk tegen me zei. 'Je kunt met iemand bevriend zijn en toch met hem concurreren.'

Wendell glimlacht. Ik heb die glimlach eerder gezien, maar ik weet niet meer waar. Hij betekent dat iemand iets weet wat jij niet weet, en dat hij niet van plan is het aan jou te vertellen. 'Goed, het verhaal gaat dat de excuusallochtoon al dat geld dat hij aan zijn nieuwe cliënten verdiende niet met het grote advocatenkantoor wilde delen, en daarom nam hij zijn cliënten mee en begon zijn eigen kantoor. Maar je kunt geen goede octrooipraktijk hebben zonder een procespraktijk. Als anderen producten ontwikkelen waarbij de door jou geoctrooieerde ideeën worden gekopieerd, moet je ze vervolgen. De excuusallochtoon had de beste procesadvocaat nodig die er was. En hij had ook iemand nodig met machtige en prestigieuze connecties, en dat was de Mayflower-advocaat. Het was een perfecte combi. Daarom bood hij de Mayflower-advocaat vijftig procent eigendom aan in het nieuwe kantoor. En de Mayflower-advocaat, die wist dat hij als partner van de excuusallochtoon veel meer geld zou verdienen dan op het prestigieuze kantoor, slikte zijn trots in en deed mee. Dat is het verhaal. Interessant, hè?'

'Ja,' zeg ik. Er zitten inderdaad heel wat dingen in dat verhaal om over te peinzen. Ik neem me voor Wendells verhaal later opnieuw in mijn hoofd af te spelen en over het raadsel na te denken, maar wat me op dit moment bezighoudt is de vraag of het feit dat hij het heeft verteld betekent dat Wendell en ik vrienden blijven.

Hij houdt zijn glas schuin zodat de laatste druppel martini op zijn tong valt. Ik voel dat hij naar me kijkt. Hij zit op de rand van zijn stoel en ik weet dat hij zal opstaan en weglopen zodra hij heeft gezegd wat hij nu gaat zeggen. 'Ik laat je nog wat langer nadenken over je besluit me niet te helpen,' zegt hij.

'Jasmine.' Hij heeft het over mijn weigering hem te helpen Jasmine te 'krijgen'.

'Mijn vader en jouw vader hebben ondanks hun haat voor elkaar hun band – oké, gebaseerd op wederzijdse behoefte, maar toch een band – nog nooit verraden. Wat we op kantoor hebben is een soort machtsevenwicht tussen twee krachten. De zaak draait soepel zolang de macht in evenwicht blijft. Het punt is dat als er in een octrooipraktijk een poosje geen nieuw octrooiwerk binnenkomt, de procespraktijk belangrijker kan worden. Neem bijvoorbeeld het proces waaraan ik op dit moment werk. Vidromek. Vidromek is onze grootste cliënt. Je vaders grootste succesverhaal. Hij heeft Vidromek binnengehaald toen het nog niet meer was dan een paar chemici die ergens in Mexico in een achterkamertje werkten. Maar nu zijn het mijn vader en zijn team die al het juridische werk voor Vidromek doen. Wat weerhoudt mijn vader ervan iets te doen waardoor Vidromek volledig zijn cliënt wordt? Wat houdt mijn vader tegen die vijftigprocentsgrens te overschrijden en op je vaders helft te komen, of je vader volledig van de kaart te vegen? Als de mensen van Vidromek bijvoorbeeld te horen kregen over een grote fout die jouw vader heeft gemaakt... dan zouden ze kunnen besluiten dat ze hem niet meer nodig hebben.'

'Mijn vader maakt geen fouten.' Dat zeg ik vol overtuiging. Weer voel ik hete woede opkomen, zoals altijd wanneer iemand iets slechts zegt over mijn vader. Die woede vertroebelt mijn brein. Ik begrijp niet wat het verhaal dat hij net heeft verteld met Jasmine te maken heeft. Bovendien ben ik bang. De toon die Wendell gebruikt klinkt dreigend.

Nu praat hij zachter. 'Ik zal je vertellen wat jouw vader en mijn vader ervan weerhoudt over die vijftigprocentslijn heen te stappen: de band. Want je kunt namelijk ook een band hebben gebaseerd op haat. Sorry. Je ziet eruit alsof je er geen touw meer aan vast kunt knopen. Ik zal het simpeler maken. Die band, dat machtsevenwicht, in stand houden is buitengewoon belangrijk. We doen dat door elkaar boven alle anderen te stellen. Dat wil niet zeggen dat je mij aardiger moet vinden dan alle anderen. Voor mijn part heb je de pest aan me. Dat geeft niet. We houden de band in stand door elkaar te helpen. Als je ergens mijn hulp bij vroeg, dan zou ik je die geven. Dat hoort bij de band.'

Hij komt langzaam overeind. Ik wil ook opstaan maar hij gebaart dat ik moet blijven zitten. Dan gaat hij ook weer zitten.

'Noem eens iets wat jíj wilt.'

'Wat ik wil.'

'Ja, wat wil jij het liefst?'

'Zoals Wendell Jasmine wil?' Zo heb ik nog nooit iets gewild.

'Maakt niet uit wat. Je hoeft niet per se iemand te "willen", zoals je het zo onbeholpen maar niet onjuist uitdrukt.'

Het antwoord ligt opeens voor de hand. 'Ik wil volgend jaar naar Paterson. Ik wil naar Paterson en de pony's trainen.'

Wendell knijpt zijn ogen een stukje dicht. Hij concentreert zich. 'Leg uit.'

'Arturo, mijn vader, heeft gezegd dat ik voor mijn laatste schooljaar naar Paterson mag als ik het deze zomer goed doe op kantoor.'

'Daar heb je het al. Daar kan ik je bij helpen. Met gemak.'

'Helpen.'

'Doe ik.'

'Ik bedoel: hoe kun jij Marcelo helpen?'

'We vragen je vader of je mij mag helpen met het Vidromek-proces waar ik aan bezig ben. Dat vindt je vader goed omdat... dat vindt hij goed. En dan vertellen we je vader hoe goed je dat hebt gedaan. We zorgen ervoor dat hij trots op je is. Ik kan je zelfs garanderen dat als je mij helpt te krijgen wat ík wil, jij krijgt wat jíj wilt. Dat garandeer ik! Honderd procent!'

'Jasmine heeft mij nodig.'

'Wat jij in de postkamer doet kan iedereen. We geven Jasmine wel een uitzendkracht of zo.'

Ik voel me ongemakkelijk. Ik vind het prettig om met Jasmine samen te werken, ook al gaan er soms uren voorbij zonder dat we een woord tegen elkaar zeggen.

'Ik weet het,' zegt Wendell, 'ik zou ook bij Jasmine willen blijven werken.' Hoe doet hij dat, de gedachten in mijn hoofd lezen? 'Oké, we halen je maar een paar uur bij Jasmine weg, een of twee keer per week, zodat je eerst al je werk in de postkamer kunt doen. Nou? Zeg op. Wat vind je?'

'Ik ben in de war.' Ik ben mijn hele leven nog nooit zo in de war geweest. Het is allemaal zo ingewikkeld, zoveel om over na te denken. Mijn hersenen zijn net een klomp plakkerige kauwgom.

'Denk er maar eens over na. Jij helpt mij en ik help jou. Het bondgenootschap Sandoval en Holmes in actie. De band.' Hij staat snel op. 'Ik denk dat ik de rest van de middag maar vrij neem,' zegt hij. 'Vind je het erg om in je eentje terug te gaan?'

Ik geneer me om het te zeggen, maar ik doe het toch. 'Ik geloof niet dat ik in mijn eentje de weg naar kantoor terug kan vinden.'

'Robert zegt wel hoe je moet lopen.' Hij wijst naar de ober. 'Zul je overwegen wat ik heb gezegd?' vraagt hij.

'Overwegen.'

'Je overweegt me te helpen. Zo zie ik het. Doe jij dat ook?'

'Misschien,' zeg ik automatisch, zonder nadenken.

'Misschien is voorlopig genoeg. Ik vind dat we later in de week maar eens een middag vrij moeten nemen en gewoon een stukje moeten gaan varen, jij en ik.'

Maar voor ik iets kan zeggen heeft Wendell zich omgedraaid en loopt hij de eetzaal uit.

14

Als ik de club uit kom loop ik in de richting waar ik denk dat South Station ligt. Ik ga niet terug naar kantoor. Ik ga naar huis. Ik ben van plan om als ik op South Station kom op de trein naar West Orchard te wachten, en als ik daar ben ga ik op een van de banken langs het spoor zitten tot Aurora van haar werk komt en dan bel ik haar om te vragen of ze me komt ophalen.

Ik loop nu met gebogen hoofd en kijk naar mijn voeten die de ene stap na de andere zetten. Het kost me nooit moeite mijn hersenen te laten ophouden met denken. Mijn hersenen zijn net een waterkraan die ik open of dicht kan draaien. Maar nu is er geen dicht en stroomt het water van gedachten alsmaar door.

Ik wil gaan zitten en wat van de woorden die Wendell heeft gebruikt opschrijven, maar het zijn er zo veel dat ik niet weet waar ik moet beginnen. *Er zijn manieren om gevoelens een poosje te laten verdwijnen ... elkaar zo nodig hebben dat je je haat ervoor opzij kunt schuiven ... ze is niet eenkennig ... machtsevenwicht ... band ... excuusallochtoon ... niemand zegt nee tegen mij ... neuken.* Dat laatste woord heeft Wendell helemaal niet gebruikt, maar het klinkt wel het hardst in mijn hoofd – een galmend, loeiend, kwaad woord dat me bestookt. Het lijkt het woord waar alle andere om draaien.

Ik loop rond alsof ik verblind word door dat woord, probeer te voelen wat Wendell moet voelen als hij Jasmine zo graag wil hebben om haar te neuken. Jasmine heeft me eens gevraagd of ik ergens hebberig van werd en ik denk dat wat Wendell verteert net zoiets is als de hebberigheid die ik voor een cd voel, maar dan wanhopiger en woester. Hij wil haar hebben. Misschien is dat liefde, als je een ander mens wilt hebben, iets wat ik nog nooit heb gevoeld doordat ik ben wie ik ben.

Ik merk dat ik verdwaald ben. Eigenlijk wist ik al zodra ik de club uit kwam dat ik de weg kwijt was. Maar nu wordt het lastig.

Ik herken het hier niet, en door de gebouwen in de straat waar ik nu loop kan ik het hoge silhouet van het kantoorgebouw niet zien, dat ik als oriëntatiepunt hoopte te gebruiken. Welke zeventienjarige verdwaalt er nu als hij maar vier straten van zijn bestemming vandaan is? In zekere zin zijn die vreemd aandoende straten domweg een afspiegeling van mijn gedachten. Het lijkt volkomen natuurlijk om buiten verdwaald te zijn nu ik er vanbinnen net zo aan toe ben. Nergens een oriëntatiepunt.

De geur van vis bereikt mijn neus en ik haal diep adem. Ik hou van sterke geuren. In een winkel zie ik vissen op ijs liggen; hun ogen zijn net knopen, ze zien er gewolkt en sereen uit. Ze lijken vredig, die vissen. Voor de winkel met de vissen staat een lege houten krat. Ik ga erop zitten. Hij is sterk genoeg om mijn gewicht te dragen. Er lopen Chinese mensen langs. Ze letten niet op mij.

Terwijl ik daar op die krat zit hoor ik opeens Beethovens *An die Freude* beginnen. Het geluid van de muziek trilt tegen mijn bovenbeen. Het duurt een paar onthutsende seconden voor ik doorkrijg dat het echt is wat ik hoor en dat het geluid van de mobiele telefoon in mijn zak komt. Aurora heeft *An die Freude* als beltoon ingesteld. Ik haal de telefoon uit zijn hoesje, kijk ernaar en besluit dan op de knop ACCEPTEREN te drukken.

'Ben jij dat, Marcelo?' Het is Jasmines stem.

'Ja.'

'Waar ben je?'

'Bij de dode vissen,' zeg ik, opkijkend om te zien waar ik ben.

'Wat? Waar? Wat doe je daar?'

'Ik ben verdwaald.'

'Wat? Kun je het gebouw zien?'

'Nee.'

'Kun je de straatnaam ergens zien?'

Ik sta op en loop naar de hoek. Nu zie ik er net zo normaal uit als andere mensen, denk ik: ik praat onder het lopen in mijn mobieltje. Ik lees Jasmine het straatnaambordje voor. 'Er staat "Ping On".'

'Blijf daar staan. Ik weet waar dat is. Ik ben over een minuut of tien bij je.'

'Oké.'

'Niet weglopen.'

'Nee. Ik ga op een krat zitten. Bij de vissen.'

'Goed. Oké. Tot zo.'

Ik zet de telefoon uit, ga naar rechts en loop terug naar mijn krat, waar ik me veilig voel.

Wat ik me probeer te herinneren is het gesprek dat ik een paar dagen geleden met rabbijn Heschel heb gevoerd. Wanneer is seks slecht? Als we een ander als object gebruiken. Maar Wendell lijkt niet door zulke overwegingen te worden weerhouden. Hij zit nergens mee. Op dit moment wilde ik dat ik op Wendell leek, en ik bedenk dat dit gevoel betekent dat ik hem benijd. Ergens benijd ik Wendell om zijn vrijheid. Anders dan hij zit Marcelo vast in een moeras aan vragen. Het lijkt net of Marcelo de appel uit de boom van de kennis van goed en kwaad heeft gegeten, terwijl Wendell te slim was om in de listen van de slang te trappen.

'Marcelo, Marcelo.' Jasmine staat naast me. Ze haalt diep en snel adem. 'Hoe ben jij hier terechtgekomen?'

'Lopend.'

'Neeee!'

Ze wil grappig doen, dat weet ik wel, maar ik glimlach niet.

'Even op adem komen, en dan lopen we terug. Wat is er gebeurd? Waar is Wendell?'

'Die is weggegaan.'

'Waar dan? Ben je niet met hem gaan lunchen? Jij bent al bijna twee uur weg. Ik dacht dat Wendell je had meegenomen naar een van zijn bars... Ik dacht dat hij wou proberen je dronken te voeren.'

'We hebben gepraat en toen is hij weggegaan.'

'Heeft hij jou alleen gelaten?'

'Ik kan in mijn eentje lopen.'

'Je bent verdwaald.'

'In de stad kun je de zon moeilijk zien. Hij wordt geblokkeerd door de gebouwen en die werpen de hele dag schaduwen.' Ik wil niet praten over verdwalen of over de weg kwijt zijn of over Wendell.

Misschien begrijpt ze dat er iets akeligs is gebeurd, want als we een stukje hebben gelopen zegt ze op rustige toon, een toon die niet zorgelijk klinkt: 'Bij ons in Vermont, waar ik ben opgegroeid, zijn alleen schaduwen van bomen en schuren. De wolken lijken zo dichtbij dat je soms het gevoel krijgt dat je ze kunt aanraken. Hier lijken de wolken een deel van de lucht. Daarginds lijken ze een deel van de bergen. Lach of glimlach jij eigenlijk wel eens?' vraagt ze.

'Als ik in mijn eentje ben,' antwoord ik.

Ze giechelt. 'Ik ook. Ik betrap mezelf er zo vaak op dat ik als een idioot in mijn eentje aan het lachen of glimlachen ben. Dan zijn wij dus allebei idioot.'

'Idioot,' herhaal ik.

'Dat is geen fijn woord, hè?'

'Het is niet juist. Een idioot is iemand met een ernstige verstandelijke beperking, die de laagst meetbare intelligentie bezit, zichzelf niet tegen dagelijkse gevaren kan beschermen en niet in staat is samenhangend te leren praten. Mensen denken soms dat ik een idioot ben. Dat klopt maar in een paar opzichten.'

'Neem maar van mij aan dat ze mij héél vaak voor idioot houden.'

'Juliet heeft een keer gezegd dat jij een idioot was.'

'Heeft ze dat tegen jou gezegd?'

'Ja. Eergisteren kwam ze toen jij er niet was en toen zei ze: "Waar is die andere idioot?" Ze bedoelde jou. Ik was de idioot die er wel was.'

'Luister maar niet naar haar. Zij heeft een ego dat zo groot is dat er geen hersencellen meer bij passen.'

'We doen de postronde van drie uur niet.'

'Nadat ik jou op je mobieltje had gebeld heb ik de postkamer gesloten en een bordje neergezet. Ik heb gezegd dat ik naar de rechtbank moest en dat de post van drie uur en van vijf uur samen rondgebracht zouden worden. Patty van de receptie handelt het wel af als er soms pakjes bezorgd worden terwijl wij er niet zijn.'

'Je hebt gelogen om weg te kunnen en mij te komen halen.'

'Ik dacht dat je misschien een eerdere trein had genomen, maar ik zag dat de eerste om vier uur ging. Maar goed dat je die dienstregeling boven je bureau aan de muur hebt gehangen.'

'Die verbergt de *Fuck you*'s.'

Ik voel dat ze even naar me kijkt. Jasmine en ik lopen heel langzaam. Ik denk dat we teruglopen naar South Station en dat we zo langzaam lopen omdat het nog anderhalf uur duurt voor de volgende trein naar West Orchard vertrekt. Toch wilde ik dat we sneller liepen. Ik durf niet goed met Jasmine te praten omdat ik iets droevigs in me voel en bang ben dat die droefheid naar buiten komt.

'Ik wil niet meer op het kantoor werken.'

'Waarom niet? Waar hebben Wendell en jij het over gehad?'

'Hij zei dingen waarvan ik in de war raakte.'

'Wat voor dingen?'

'Ik wil er niet over praten.'

'Je lijkt kwaad. Wat heeft Wendell gezegd waar je kwaad van werd?'

Ze heeft gelijk: naast al het andere voel ik ook woede. Ik vraag me af hoe Jasmine dat wist. Wat, van alles wat Wendell heeft gezegd, is de oorzaak van die woede? 'Dat weet ik niet,' zeg ik.

'Woede kan goed zijn,' zegt ze. We blijven staan bij een kruispunt en wachten tot het voetgangerslicht verspringt. 'Woede kan je helpen te doen wat je moet doen. Je doet het geweldig in de postkamer. Laat je niet afschrikken door mensen als Wendell.'

'Woede is nooit goed,' zeg ik. 'Als je kwaad bent wil je gemene dingen zeggen en doen.'

Het licht verspringt en we steken over. Jasmine grijpt me bij mijn arm en trekt me terug als er onverwacht een stroom mensen van de andere kant aankomt. 'Als je niet tot woede in staat bent zullen anderen letterlijk over je heen lopen,' zegt ze.

'Die foto van de bergen die jij boven je bureau hebt. Is dat Vermont?'

'Die foto is wat ik vanuit de voordeur thuis zie.'

'Die bergen zijn zo mooi. Heb je in de bergen woede nodig?'

Ik voel haar een fractie van een seconde stilhouden voor ze weer doorloopt. 'Nee,' zegt ze, 'in de bergen heb je geen woede nódig. Wel iets wat erop lijkt. Mijn vader noemt het strijdlust. "Je moet strijdlust hebben, meid," zegt hij tegen mij. En zelfs in de bergen worden mensen weleens kwaad.'

'Waarop? Ben jij er weleens kwaad geweest?'

'Ik ben een hele poos kwaad geweest op een paard,' zegt ze lachend.

'Waarom?'

We komen langs de kinderspeelplaats waar we al eerder zijn geweest, maar nu is het er stil. Jasmine loopt erheen en gaat op een schommel zitten, en ik ga op de schommel ernaast zitten. Ze begint zachtjes heen en weer te schommelen zonder dat haar voeten van de grond komen. 'Mijn oudere broer en een vriend van hem hadden bedacht dat ze in Kentucky een renpaard wilden kopen om het naar Vermont te halen en er geld mee te verdienen door het als dekhengst te verhuren.' Ze houdt even op met schommelen en kijkt me aan. 'Weet je wat dat is?'

'Ja,' zeg ik een beetje beschaamd. Niet vanwege de betekenis van dat woord, maar omdat Jasmine het nodig vond te vragen of ik het kende. 'Op Paterson werkte ik na school bij de pony's,' vertel ik. 'Ik weet wat een dekhengst is en wat hij doet.'

Ze gaat verder. 'Iedereen raadde het af. Een volbloed renpaard hoort niet in Vermont thuis. Zo'n dier heeft beweging nodig. Wat moet het tijdens de lange winters doen? Maar James, mijn broer, en zijn vriend Cody, die luisteren nergens naar. Ze rijden met een trailer naar Kentucky en komen terug met een twee jaar oud renpaard. Ze noemen het Kickaz, van *kick ass*, snap je.'

'Kickaz is het paard waar jij kwaad op werd.'

'Kickaz was altijd vreselijk schichtig. James en Cody moesten hem echt trainen om kalmer te worden. Op een dag waren ze met hem in de koeienwei, waar ze hem aan een kort touw rondjes lieten lopen. Cody hield het touw vast en James liep aan de andere kant toen Kickaz opeens ergens van schrok, waarschijnlijk van een bij; hij steigerde naar opzij en trapte James in zijn maag.'

Jasmine houdt op met schommelen. Ik wil niet in haar richting kijken. Ik wacht tot ze doorgaat.

'James leek niets te mankeren. Voor de zekerheid gingen we met hem naar het gezondheidscentrum in West Lebanon. Op de foto's en de MRI was niets te zien, maar ze hielden hem toch maar een nachtje ter observatie, en toen viel hij die nacht in slaap en bleef doorslapen. Toen hij na een dag niet wakker werd hebben ze hem geopereerd, omdat ze dachten dat hij misschien een inwendige bloeding had die niet te zien was geweest, maar ze vonden niets. Een paar dagen later stierf hij.

Iedereen haatte dat paard. Cody wilde het doodmaken. Ik wou het doodmaken. Iedereen. Alleen Amos, dat is mijn vader, alleen Amos zei dat hij het paard wilde houden. Daar schrokken we allemaal van omdat hij er het ergst tegen was geweest dat James het überhaupt kocht. "Dat beest kan er niks aan doen," zei Amos. Hij zette het op stal bij Morgan, ons werkpaard. "Morgan traint hem wel," zei hij. Maar het heeft heel lang geduurd voor ik zelfs maar naar dat paard kon kijken. Dat paard is vermoedelijk de reden dat ik heb besloten uit Vermont weg te gaan en naar Boston te komen, dat zweer ik je. Ik kon er niet tegen het te zien.'

'Ben je nog steeds kwaad op Kickaz?'

'Neuh. Je zou hem nu eens moeten zien. Hij is net zo zachtaardig als die ouwe Morgan. Amos neemt hem mee de bergen in als hij gaat jagen. Kickaz als muilezel, om alle bagage te dragen. 's Winters ploegt Amos een baan in de koeienwei en laat hem dan elke dag een paar rondjes lopen, al is het nog zo koud en sneeuwt het nog zo hard. Ze passen echt perfect bij elkaar, die twee.'

'Ga je ooit naar Vermont terug?'

'Ja.'

'Ik wil niet op het kantoor werken,' zeg ik.

'Ik werk er ook niet graag. Maar ik doe het wel.'

'Waarom?'

Ze duwt zichzelf van de schommel. 'Kom mee. Ik wil je iets laten zien.'

We steken de straat over. Jasmine blijft staan voor een glazen deur, maar ze doet hem niet open. Het lijkt of ze even nadenkt of het wel een goed idee is om die deur open te doen. Dan doet ze het toch en wenkt mij mee naar binnen.

We lopen een houten wenteltrap op. Onderweg naar boven komen we langs tientallen houten deuren. Op de meeste deuren zit een stukje wit papier met Chinese karakters erop. 'Wie werkt hier?' vraag ik.

'Ik,' zegt ze giechelend.

We komen bovenaan en openen de laatste houten deur. Als ik naar binnen loop kom ik in een rechthoekige kamer die nauwelijks groter is dan mijn boomhuis. 'Mijn tweede thuis,' zegt ze.

'Ik dacht dat Jasmine in de postkamer woonde.'

'Ha ha, heel grappig.'

Maar ik wilde helemaal niet grappig zijn. Natuurlijk moet Jasmine ergens wonen. Ik had er alleen nog nooit bij stilgestaan.

'Dit was vroeger een studentenhuis voor mensen die op Tufts medicijnen studeerden,' vertelt ze. 'Nu wordt het vooral gebruikt door immigranten uit Cambodja. Het is heel goedkoop en heel veilig. Dit is de woonkamer, eetkamer, studeerkamer, keuken en slaapkamer. De badkamer is daarginds.' Ze wijst naar een deur achterin.

Aan de ene kant tegen de muur staat een veldbed met een quilt van lapjes stof in allerlei kleuren. Aan het hoofdeinde ligt een hele dierentuin aan knuffels: een bruine beer, een jaguar met zwarte vlekken, een hond met witverbleekte flaporen, een gespikkeld paard, een grijze walrus, een lichtbruine kangoeroe. De ruimte aan het voeteneinde, de kant waar wij staan, wordt helemaal in beslag genomen door een elektrisch keyboard met alle achtentachtig toetsen die een gewone piano ook heeft, dat zie ik zo. Op de toetsen ligt een koptelefoon die nog met het paneel van het keyboard verbonden is. Aan de andere kant van de kamer, tegenover het keyboard en het bed, zie ik een bureau, een metalen archiefkast, een constructie van balsahout waarin kleren hangen, een raam met blauwe gordijnen, een fornuis en een miniatuur koelkastje. Alle beschikbare ruimte op de wanden hangt vol planken met honderden cd's. De enige plek aan de wand waar geen planken zitten is boven de metalen archiefkast, want daar hangt een poster. Ik loop ernaartoe en bestudeer hem. De poster heeft witte randen. Bovenaan lees ik:

KEITH JARRETT
THE KÖLN CONCERT

Onder die woorden zie ik de zwart-witafbeelding van een man aan een piano. Hij heeft zijn ogen dicht en zijn hoofd gebogen, zijn kin rust op zijn borst. Ik herken meteen de houding van iemand die in gebed verzonken is. De man zit piano te spelen, maar ik weet zeker dat hij ook aan het terugdenken is.

Jasmine staat zwijgend naast me. Ze lijkt bereid me alle tijd te gunnen die ik nodig heb om te zien wat er te zien is en te begrijpen wat er te begrijpen is. Als ik de poster tot in het kleinste detail in me heb opgenomen draai ik me om naar het keyboard en druk met mijn vinger zacht de centrale c-toets in. Er staat minder spanning op dan op de toetsen van de piano bij ons thuis. Jasmine steekt haar hand uit en trekt het snoer van de koptelefoon los van het keyboard. Weer druk ik de toets in. De enkele toon die de lucht vult klinkt fris, scherp. Hij doet me denken aan een vlaag winterlucht.

'Je speelt piano,' zeg ik.

Ze trekt een kruk met een zwarte zitting onder het keyboard uit, rommelt even aan de knoppen op het controlepaneel, doet de kamerdeur dicht en dan speelt ze.

Het lijkt op geen enkele muziek die ik ooit heb gehoord. Eerst klinkt het als Bach, maar dan volgen de noten sequensen die mijn hoofd niet voelt aankomen. Er klinken noten en akkoorden die dissoneren met de noten en akkoorden die eraan voorafgingen, maar dan blijkt dat wat vals leek een paar seconden later deel uit te maken van een basismelodie, de oorspronkelijke Bach-achtige melodie die er al die tijd was, verborgen maar ononderbroken. Wat de muziek die Jasmine speelt anders maakt, is het ritme. Er is meer ritme. Alsof de piano een trommel zou willen zijn of een wilde hartslag of donder. Jasmines linkerhand speelt een regelmatig ritme dat klinkt als een pompend hart, en dan, alsof hij dat regelmatige geluid van de linkerhand wil overstemmen, stort de rechter zich in een melodie die te complex is om volledig te bevatten.

Ze houdt op met spelen en dan opent ze haar ogen en kijkt me aan alsof ze was vergeten dat ik daar sta.

'Daarom werk ik op het advocatenkantoor. Om naar dit kamertje te kunnen komen en dit te doen.'

Het is duidelijk dat ze al vele, vele jaren speelt. Dat weet ik omdat Aurora mij toen ik klein was naar mevrouw Rockwell verderop in de straat bracht voor pianoles. Maar dat had geen zin. Ik kon niet tegelijkertijd noten lezen en spelen. En ook niet mijn linker- en mijn rechterhand gelijktijdig verschillend bewegen. Mijn mentale bedrading is domweg niet opgewassen tegen het voltage dat nodig is om piano te spelen.

'Jij hebt die muziek uitgevonden. Hij komt uit jouw hoofd.'

Ik zie haar blozen. Even ben ik bang dat ik iets heb gezegd waarmee ik haar heb gekwetst.

'Het is ongelooflijk,' zeg ik. 'Hoe doe je dat?'

'Je oefent en oefent en dan op een dag is de muziek er,' zegt ze. 'Hij is oké. De muziek die ik maak is oké. Niet geweldig. Hij kan niet tippen aan het soort muziek dat hij maakt.' Ze kijkt in de richting van de poster. Ze staat op, loopt naar een van de planken en pakt een van de cd's die daar opgestapeld liggen. 'Hier, neem maar mee.'

De cd-hoes is hetzelfde als de poster aan de muur.

'Hij is aan het terugdenken,' zeg ik.

'Aan het terugdenken?'

'Dat woord gebruik ik voor bidden. Soms lijkt dat op wachten tot de stilte overgaat in muziek.'

Jasmine pakt de cd uit mijn hand en bestudeert hem alsof ze wil zien wat ik zie. Dan legt ze hem weer in mijn hand. Ze draait zich om en blijft voor me staan, en als ze dat doet krijg ik opeens zin om te lachen.

'Wat?' vraagt ze. Ze lijkt net een klein meisje, zoals ze dat zegt.

'Niets,' mompel ik.

'We kunnen beter gaan,' zegt ze terwijl ze me blijft aankijken.

'Ja,' zeg ik. 'Dank je wel.'

'Waarvoor?'

'Dat je het aan me hebt laten zien.'

Dat is alles wat ik weet te zeggen.

15

Ik zit aan mijn bureau in de postkamer op optimale snelheid documenten in te binden en te wachten tot Wendell belt. Hij heeft Arturo gevraagd of ik hem mag helpen en Arturo heeft ja gezegd. Volgens Wendell was Arturo er heel blij mee. Jasmine is er niet blij mee. Al was het maar omdat zij dan moet doorgaan met het inbinden van de documenten, die ik Martha voor vanochtend heb beloofd.

'Ik vertrouw hem niet. Hij voert vast iets in zijn schild,' zegt ze.

'En als hij zijn schild nu thuis heeft laten liggen, bij zijn harnas?' zeg ik in een poging haar aan het lachen te maken.

Ze reageert niet op mijn grapje. Ze zit diep na te denken. 'Weet hij dat je na jullie lunch verdwaald bent?'

'Nee.'

Ik wil vragen waarom ze dat wil weten, maar de telefoon gaat en ze neemt op. Ik hoor haar luid in de hoorn praten. 'Eén middag. Meer niet. Morgenochtend heb ik hem hier nodig.' Ik vind het leuk haar zo nijdig te zien omdat ze mijn hulp moet missen.

'Dat was Zoontje Zeikerd. Hij wacht op je.'

Wendell heeft een kaki broek en een knalrode polo aan. Nergens een schild te bekennen, denk ik bij mezelf, dus geen enkele kans dat hij daar iets in verbergt, zoals Jasmine zei. Hij staat bij zijn bureau nonchalant stapels mappen te rangschikken.

'Daar ben je,' zegt hij als ik zijn kamer in kom. 'Ben ik even blij dat jij me mag komen helpen. En vader ook. Die heeft een rolberoerte omdat het vandaag de laatste dag is waarop documenten aan een ander kantoor mogen worden overgedragen en ik moet naar een oriëntatievergadering voor de nieuwe squashspelers. Kom hier. Ik zal je laten zien wat je moet doen.'

Wendell is dezelfde vriendelijke, grapjes makende Wendell die hij was vóór onze gezamenlijke lunch.

'Hoe is het met Jasmine? Is ze kwaad omdat ik jou een paar uur van haar losgewurmd heb?' vraagt hij.

'Ze heeft me in de postkamer nodig,' zeg ik.

'Hier ben je hooguit één ochtend mee bezig. Ze houdt het toch wel drie uur zonder jou uit?'

'Ja,' zeg ik.

'Ik móét naar Harvard. Ik ben teamcaptain. Dus laten we maar gauw beginnen. Wat je moet doen is eigenlijk heel eenvoudig. Dit zijn spullen van het Vidromek-proces. Je weet toch van Vidromek, hè? Heel *importante*. Als we dit verknoeien is het... finito.' Hij haalt zijn hand langs zijn nek alsof het een zwaard is. 'De mensen die Vidromek vervolgen zijn lieden die beweren gewond te zijn geraakt doordat de voorruiten van Vidromek niet in duizenden kleine stukjes uiteenvallen zoals ze horen te doen. Die mensen proberen erachter te komen of meneer Acevedo, de directeur van het bedrijf, wist dat de voorruit gevaarlijk was, maar gewoon doorging met de productie. Kun je het volgen?'

'Ja. Ik geloof het wel.'

'De tegenpartij heeft een lijst ingeleverd met de documenten die ze van ons willen hebben. Die documenten, voor zover wij die hebben, zitten in deze twee dozen. Ik heb alle dozen, een stuk of dertig, al doorzocht en eruit gehaald wat ze wilden hebben, maar ik heb nog geen kans gehad het op volgorde te leggen of de diverse kopieën eruit te halen. Dat wordt jouw werk. Je moet op de lijst kijken die ze ons hebben gegeven en de documenten overeenkomstig de lijst op aparte stapels leggen. De lijst is heel gedetailleerd. Er staat bijvoorbeeld "brief van de heer Die-en-die aan de heer Zus-en-zo, gedateerd dan-en-dan". Kun je het nog bijbenen?'

'Ja, ik hou je wel bij.'

'Soms zul je verschillende kopieën van een document aantreffen. We hoeven er maar één te bewaren. De rest doe je in deze doos met "Afval" erop. Ja? Als er meerdere documenten binnen dezelfde categorie vallen zul je ze op een bepaalde volgorde moeten leggen, kijk maar, chronologisch of naar afzender of naar geadresseerde. Neem bijvoorbeeld nummer vijfentwintig op de lijst.' Hij pakt een bundel papieren en leest voor: '"Alle voorstellen gedaan door Sandoval & Holmes om een schikking te treffen in de zaak van de voorruiten." Op alle documenten in de dozen die in die categorie vallen zie je klein in potlood het nummer vijfentwintig staan. Die moet je er allemaal uit halen en op volgorde leggen. Daar ben je goed in, hè Marcelo?'

'Ja. Ik leg graag dingen op volgorde.'

'Daarom heb ik je vader ook gevraagd of jij me mocht helpen. Je had hem moeten zien. Hij was dolblij. Vidromek is je vaders grootste en oudste cliënt, dus het is niet meer dan terecht dat jij hieraan meewerkt. Jij bent de aangewezen persoon. Dit is iets belangrijker en vergt meer hersenen dan wat je gewend bent bij Jasmine te doen. Je moet erop letten dat je alle documenten in deze twee dozen stuk voor stuk zorgvuldig bekijkt. Als we tegen hen zeggen dat we iets niet hebben terwijl we het wel hebben is het...'

'Finito.' Ik maak dezelfde zwaardbeweging met mijn hand als hij daarnet.

'Zo is het maar net. Zonder zwemvest in de stront.'

'Oké,' zeg ik. Ik vraag me af of de moeite die Wendell doet om mij met hem samen te laten werken zijn manier is om me duidelijk te maken dat hij weer vrienden met me wil zijn.

'Als je klaar bent laat je de dozen hier maar gewoon staan. Dan maakt Juliet morgenochtend kopieën van alles wat we hun sturen.' Hij is uitgepraat maar gaat niet weg. Wacht hij tot ik iets zeg?

'Oké,' zeg ik weer. 'Ik snap het.'

Hij komt wat dichter bij de rand van het bureau staan. 'Dus we zijn bezig jou te helpen aan wat je graag wilt.'

'Ja.' Maar ik weet niet goed waar hij het over heeft.

'Die band waar jij en ik het over hebben gehad. Ik doe mijn deel. Ik heb ervoor gezorgd dat je met mij mag meewerken aan een makkelijke opdracht. En later deze zomer komen er nog meer van zulke opdrachten. Dan vertellen we je vader hoe goed je het hebt gedaan. Ja? Dat was onze afspraak.'